/情/人/无/泪

余生的日子，他只能与回忆和对她的思念长相左右。

情 人 无 泪

张小娴 —— 著

我们爱了

整整一个曾经

湖南文艺出版社
HUNAN LITERATURE AND ART PUBLISHING HOUSE

博集天卷
CS-BOOKY

目　录

C O N T E N T S

生活里还是有许多令人消沉的事，比如学业，比如那永不可挽的死亡，都超过了他所能承受的。他渴望溜出去，溜到她身边，溜出这种生活。

她突然了悟，唯有当那个故事可以在某天说与自己所爱的人听，平凡才会变得不凡。我们都需要一位痴心的听众来为我们渺小的人生喝彩。

我们何必苦恼自己从何而来，又将往何处去？就在这一刻，他了然明白，我们的天堂就在眼前，有爱人的细语呢喃轻抚。

就在今天晚上，在一个善良的女孩脸上，那涂出了界的口红，是上帝跟他们开的一个玩笑吗？
她的眼睛正在凋零。他庆幸自己娶了她。

她意识到自己是多么傻，她何必梦想画出最好的作品？徐宏志就是她画得最好的一张画。他是她永恒的图画，长留她短暂的一生中。

/情/人/无/泪 第一章

花开
的
时节

她提醒自己，道歉并不是一种感情，而是人格。

那真的不是一种感情吗？

她为那样伤害他而感到内疚。

内疚难道不是感情？

我们会为不曾喜欢，

或是不曾挣扎要不要去喜欢的人而内疚，

害怕他受到伤害吗？

1 ◇

医院七楼眼科病房里惨绿苍白的灯已经暗了。徐宏志来到的时候，臂弯里夹着一本薄薄的书。忙了一整天，他的背有点驼，一只脚上的鞋带不知什么时候松了，拖在地上，陪他穿过幽暗的长廊，朝最后一间病房走去，那里还有光。

门推开了，一个约莫十岁的女孩靠在床上，两条青白细长的胳膊露在被子外面。

"医生，你来了？"她的眼睛朝向门口，一张脸因为期待而闪耀着童真的兴奋。

"对不起，我来晚了，今天比较忙。"徐宏志走进来，拉了一把椅子靠着床边坐下，把床头的灯拧亮了一些。

"我们快点开始吧！"女孩催促道，又稚气地提醒他，"昨天读到牧羊少年跟自己内心对话的那一段。医生，你快点读下去啊！我想知道他找到宝藏没有。"

这时候，女孩伸手在床上找她的绒毛小熊。她的眼睛是看不见的，瞳孔上有一片清晰的白点，像石灰水似的，模糊了她的视线。

徐宏志弯下身去，把掉在地上的绒毛小熊拾起来，放到女孩怀里。

女孩把小熊抱到心头。听书的时候，她喜欢抱着它。虽然它胸口的毛几乎掉光，大腿上又有一块补丁，她仍是那样爱它。它从她三岁那天起就陪着她，它愈老，她愈觉得它就跟她一样可怜。

徐宏志打开带来的一本书，那是保罗·柯艾略的《牧羊少年奇幻之旅》。自从女孩进了医院之后，他给她读了好几本书：厄休拉·勒古恩的《地海孤儿》和《地海巫师》，还有杰克·伦敦的《野性的呼唤》。女孩是个讨人喜欢的小姑娘，大部分时间都很安静，只有在听到书中一些紧张的情节时，会发出低声的惊呼。

女孩喜欢书。一天，徐宏志来看她的时候，她正在听一本有声书。那本书，她已经重复听过很多遍，几乎会背了。他们聊到书，女孩爹着胆子问：

"医生，你可以读书给我听吗？"

他无法拒绝那双可怜兮兮的眼睛。女孩是由孤儿院送来的。两岁的时候，她发了一场高烧，导致眼球的透明晶体混浊了，眼睛长出两块夺去她视力的东西，白内障从此让她只能看到光和影。她的父母狠心把她遗弃。女孩是由修女带大的，身上散发着一种来自修道院的清静气息。那个读书的请求，也就添了几分令人动容的哀凄。

2

那天以后，徐宏志每天来到女孩的床前，为她读书。起初的确有点困难，他要在繁重的工作中尽量挤出一点时间来。有好多次，他的眼睛几乎睁不开了。然而，女孩听他读书时那幸福和投入的神情鼓舞了他。

渐渐地，他开始期待每天来到病房为女孩读书的时光。唯有专注地读书的片刻，他才得以忘记身体的疲累，重温当年的岁月。

他选的书都是他以前读过的。《牧羊少年奇幻之旅》是他十五岁那年在母亲的书架上发现的。几年之后，他再一次读到这本书。那一次，他并没有读完。

多少年了，他没想过自己会有勇气再次拿起这本书。

他恍然明白，当初答应为女孩读书，也许并非出于单纯的悲悯，而是女孩的请求触动了他。

他也曾为一个人读书。

尽管季节变换、时光荏苒，那些朗读声依旧常驻他耳中，从未因岁月而消亡，反而历久而弥新，时刻刺痛着他，提醒他，那段幸福的日子永不复返。即使到了这具肉身枯槁的时候，他也还能听到当时的袅袅余音，始终在今生回荡。

3 ◈

到了午夜，他也读完了最后一段。

他抬起头，期待女孩会说些什么。他们读完一本书之后通常会讨论一下内容。她总有很多意见。然而，他此刻看到的，是一张忧郁的脸。

"医生，你明天还会来为我读书吗？"女孩问。

"明天以后，你可以自己看书，甚至连近视眼镜都不需要。"他说。

女孩的嘴巴抿成细细的一条线，没说话。

　　"摘除白内障的手术是很安全的，十年前就很难说了。放心吧。"他安慰女孩。

　　女孩摇摇头："手术是你做的，我一点也不害怕。"

　　停了一会儿，她说："可是，即使我看得见，医生，你也可以继续为我读书的呀！"

　　徐宏志笑了："我不习惯人家看着我读书的，我会脸红的。"

　　"看得见之后，你想做些什么事情？"他朝女孩问。

　　"我想看看自己的样子。"女孩羞涩地说。

　　"你长得很漂亮。"

　　"别人一直都这么说。可是，他们说这句话的时候，语气里总是带着很深很深的可惜。"

　　"以后不会再可惜了。"他说。

　　女孩脸上绽出一朵微笑："医生，你知道我还想做什么吗？我想出院后自己去买衣服！我以前的衣服都是修女为我挑的，以后我要自己挑衣服。修女，尤其是陈修女，她很保守的，一定不知道外面流行些什么。"

　　徐宏志咯咯地笑了，女孩虽然只有十岁，毕竟是个姑娘，爱美的心与生俱来。

　　"医生，"女孩的脸唰地红了，"我长大之后可以做你的女朋友吗？"

"你根本不知道我长什么样子，也许，我长得很丑。"

女孩摇摇头："我听到病房的护士说，你年轻英俊，人很好，又是顶尖的眼科医生。"

他尴尬地笑了："她们真会拿我开玩笑。"

"医生，你是不是已经有女朋友了？"女孩天真地问。

他停了半晌，站起来，把椅子拉开，静静地朝女孩说：

"很晚了，你应该睡觉了。"

女孩温顺地把绒毛小熊搁在枕畔，缓缓滑进被窝。

"医生，你刚刚哭过吗？"她的头随着徐宏志的脚步声转向床的另一边。

"没有。"他低声说。

"我闻到咸味。"

"是我身上的汗水。"

"我分得出汗水和泪水的。"女孩说，"你刚才读书的时候，身上有一种悲伤的味道。医生，你忘了吗？盲人的嗅觉是很灵敏的。"

他那双困倦的眼睛望着女孩，也无言语。尽管她因为身体的残障而有超龄的早熟，但终究还是个孩子，不了解的事情太多。

"医生，"女孩摸到枕边的绒毛小熊，递给他，说，"我把它送给你。"

徐宏志惊讶地朝她问："为什么？这团毛茸茸的东西不是你的宝贝吗？"

"所以我才想把它送给你，虽然它已经很老，但它会为你带来好运的，我不是终于也看见了吗？"

徐宏志接过那只绒毛熊，笑笑说："上面一定有很多口水。"

女孩腼腆地笑了，心中的喜悦胀大了一些：

"医生，你要好好留着它啊！等我长大了，五年后，或者八年后，我会回来要回我的小熊，那时你再决定要不要我做你的女朋友。"说完这句话，女孩伸手摸到床边的开关，把灯拧熄，嘴上挂着一个幸福的微笑。

然而，今天晚上，她是无论如何也睡不着的。她此刻的心情就像第一次参加孤儿院旅行的前夕那样，因为太兴奋而失眠，彻夜期盼着晨曦的来临。这个手术要比那一次旅行刺激很多。她有点紧张。她害怕明天的世界跟她以前熟悉的那个不一样。

女孩转脸朝向门的那边，声音里有着一种期盼和不确定。

"医生，这个世界是不是很美丽的？"她问。

门的那边没回答。

就在那一瞬间，女孩嗅到了眼泪的咸味和鼻水的酸涩，听到了发自一个男人的喉头的哽咽。

4 ⬡

徐宏志离开病房时，臂弯里夹着那本书和一只秃毛的玩具熊。这只绒毛熊挂在他魁梧的身躯上，显得那么小而脆弱，就像眼泪，不该属于一个强壮的男人。

走出医院的时候，他踢到脚上松垂的鞋带。他蹲下去把鞋带系上的那一瞬，一行清泪滴在他的手背上，缓缓流过指缝间，他拭去了。花了一些气力，他重又站起来。

刚刚下过的一场细雨润湿了他脚下的一片草地。他踩着水花，走在回去的路上。他感觉到有几只蚊子在叮咬他，吸他的血，但他疲惫的双腿已经无力把它们甩开。

他想到躺在病房里的女孩是幸福的。明天以后，她将可以看到天空的蓝和泥土的灰绿，看到电影和人脸，也看到爱的色彩。不管她愿不愿意，她也将看到离别和死亡。

他又回到许多年前的那天。在比这一片草地青葱和辽阔的另一片草地上，她投向了他。那是他最消沉的日子，她像一只迷路的林中小鸟，偶尔掉落在他的肩头，啄吻了他心上的一块肉，给了他遗忘的救赎。

那时他并不知道，命运加于他的，并不是那天的青青草色，而是余生的日子，他只能与回忆和对她的思念长相左右。

5 ◇

　　自从他的母亲在飞机意外中死去之后，徐宏志已经有好长一段时间没见过阳光。母亲的乍然离去，把他生命中的一部分永远带走了。那一年，刚刚升上医科三年级的他，经常缺课，把虚妄的日子投入电脑游戏，没日没夜地沉迷其中。他成了个中高手，却没有丝毫胜利的喜悦。

　　他缺席考试。补考的时候，只回答了一道问题就离开考场，赶着去买一套最新的电脑游戏。

　　他把青春年少的精力和聪明才智虚掷在虚拟的世界里，与悲伤共沉沦。然而，输的显然是他。学期结束的时候，他接到通知要留级。在医学院里，留级是奇耻大辱，他却连羞惭的感觉都付之阙如。

　　无数个日子，当他挂着满脸泪痕醒来，唯有那台电脑给了他遗忘的借口。那时候，他瘦得像只猴子，孤零零地在自己的暗夜里漂流，生活仿佛早已经离弃了他。

　　就在那一天，宿舍的电力系统要维修，他唯有走到外头去。那是正午时分，他眯起眼睛朝那个热毒的太阳看去，顿时生出了一个念头：也许，他可以把自己晒死。他可以用这个方法对猝不及防的命运做出卑微的报复。

　　他瘫在那片广阔的青草地上，闭上眼睛想象一个人中暑之后那种恍惚的状态，会像吃下一口鸦片般，在自己的虚幻中下坠，下坠，远远离开尘世的忧伤。

6 ◈

他身上每寸地方都挂满了汗水，迷迷糊糊地不知躺了多久，直到他忽然被人踢到。一个女孩踩在他脚上，踉跄向前摔了一跤，发出一声巨响，头上的帽子也飞脱了。

他连忙把女孩扶起来。逆光中，他看到她模糊的轮廓和那头栗色头发上朦胧的光晕。她蜜糖色的脸上沾了泥土。

"对不起。"他眯缝着眼睛向她道歉。

女孩甩开他，自己站定了，用一只拳头擦掉眼窝上的泥巴，气呼呼地瞪着他，说：

"你为什么躺在这里？"

"对不起。"他一边说，一边弯身拾起女孩散落在地上的书和那顶红色的渔夫帽。

女孩把书和帽子抢了回来，生气地问：

"你是什么时候躺在这里的？"

他一时答不上来。他没想过她会这样问。他也不觉得这个问题跟她摔倒有什么关系。

"我刚才没看见你。"她一边抖去帽子上的泥巴一边说。

"我在这里躺了很久，谁都看得见。"他说。

这句话不知怎的激怒了她。她狠狠地盯着他，声音因为激动而微微颤抖。

"谁要你躺在这里的？"

"我已经道歉了，你还想怎样？是你自己走路不长眼睛！"他被晒得头昏脑涨，平日的修养都不见了。

她二话不说，举起手里的帽子朝他头顶砸去。

他摸着头，愣在那儿，还来不及问她干吗打人，她已经抬起下巴朝宿舍走去。

他没中暑，反而被唤回了尘世。

7 ◈

几天之后，他在大学的便利店里碰到她。晚饭时间早就过了，他走进去买一个杯面充饥。那天，店里只有零零星星的几个人，他拿着杯面去柜台付钱的时候，诧然发现她站在里面。

轮到他的时候，她似乎认不出他来。

"你在这里兼职的吗？"带着修好的意图，他问。

"你是谁？"她的眼睛带着几分疑惑。

"我是那天绊倒你的人。"话刚说出口，他马上发觉这句话有多么笨。但是，就像出笼的鸟儿一样，已经追不回来了。他只好站在那儿傻乎乎地摸着前几天晒得脱皮的鼻子。

她眼睛没看他，当的一声拉开收款机的抽屉，拿了要找回的零钱，挪到鼻子前面看了看，然后重重地放在他面前。

他只好硬着头皮把零钱捡起来，捧着杯面走到一边。他真不敢相信自己那么笨拙。也许，当一个人成天对着电脑，就会变笨。

然而，遇见她之后，他虽然懒散依旧，却没那么热衷电脑游戏了。

他走到桌子那边，用沸水泡面，然后盖上盖子，等待三分钟过去。他交叉双脚站着，手肘支着桌子，拳头抵着下巴，偷偷地看她。她身材细瘦，顶着一头侧分界粗硬难缠的栗色头发。那张闪着艳阳般肤色的脸上，有一双聪明清亮的眼睛，带着几分直率，又带着几分倔强。那个直挺挺的鼻子下面，带上一张阔嘴。这整张脸是个奇怪的组合，却活出了一种独特的味道，仿佛它的主人来自遥远的一方天地，那里也许有另一种生活，另一种美和价值。

后来他知道，那是因为她童年的某段日子。那段日子，是她快乐的乡愁，也成了她一辈子难解的心结。

8 ⬡

　　她感觉到他在看她，她朝他盯过来，他连忙分开双腿，拿起筷子低着头吃面。

　　那个杯面泡得太久，已经有点泡糟了。他一向没什么耐性等待杯面泡熟的那漫长的三分钟，他顶多等两分钟就迫不及待地吃了起来。这一天，那三分钟却倏忽过去，他反而宁愿用一个晚上来等待。

9 ⬡

　　来接班的男生到了，女孩脱下身上的制服，拿了自己的背包从柜台后面走出来。

　　她穿得很朴素，浅绿色衬衣下面是一条棕色裙子，脚上踩着一双夹脚凉鞋，那顶用来打人的小红帽塞在背包后面。

　　他发现她两个膝盖都擦伤了，伤痕斑斑，定是那天摔倒时弄伤的。她走出去的时候，他也跟了出去。

　　"那天很对不起。"带着一脸的歉意，他说。

　　她回头瞅着他，那双漆黑的眸子变得好奇怪，带着几分冷傲、几分原谅，却又带着几分伤感。

"我叫徐宏志。"他自我介绍说。

她没搭理他，静静地朝深深的夜色走去。

他双手插在口袋里，看着她在遥远的街灯下一点点地隐没。她两只手钩住身上背包的两条肩带，仿佛背着一箩筐的心事。他发觉，她并没有走在一条直线上。

直到许多年后，凭着回想的微光，他还能依稀看到当天那个孤单的背影。

10 ◇

接下来的几天，徐宏志每天都跑去便利店随便买点东西。有好几次，他推门进去的时候，她刚好抬头看到他，马上就耷拉着脸。他排队付钱的时候，投给她一个友善的微笑，她却以一张紧抿着的阔嘴来回报他的热情。

只有一次，他进去的时候，店里没有客人。她正趴在柜台上看书。她头埋得很低，脸上漾开了一圈傻气的微笑。发现他的时候，她立刻绷着脸，把书藏起来。

"她一定是个爱美所以不肯戴眼镜的大近视。"他心里想。

那朵瞬间藏起来的微笑却成天在他心里荡漾。

11 ⬡

一天，徐宏志又跑去店里买东西。他排在后头，一个瘦骨伶仃、皮肤黝黑的女孩斜靠在柜台前面。女孩头上包着一条爬满热带动物图案的头巾，两边耳朵总共戴了十几只耳环。她穿了一个鼻环，脖子上挂着一串重甸甸的银颈链，小背心下面围着一条扎染的长纱笼，露出一截小肚子，左手还握着一根削尖了的竹竿，活脱脱像个非洲食人族，只是不知道为什么流落到大城市来。

他认得她是邻房那个化学系男生的女朋友。这种标新立异的打扮，见过一眼的人都不会忘记。

"明天的画展，你会来吗？""食人族"问。

他喜欢的女孩在柜台后面摇摇头。

"我真的不明白，好端端的，你为什么要转去英文系。""食人族"一边嚼口香糖一边说。

她微笑着没搭腔。

"食人族"吹出一个口香糖气球，又吞了回去。临走的时候说："我走啦，你有时间来看看吧。"

"莉莉，你手里的竹竿是干什么的？"她好奇地问。

"食人族"瞧瞧那根竹竿，说："我用来雕刻一张画。"

她朝"食人族"抬了抬下巴，表示明白，脸上却浮起一个忍住不笑的神情。当她回过头来，目光刚好跟他相遇，他牵起嘴角笑了。他们知道大家笑的是同一个人。

她马上掉转目光。

12

徐宏志很想向邻房那个男生打听关于她的事，却苦无借口。一天，那个满脸青春痘的男生竟然自动送上门来。

"你可以看看我吗？"这个叫孙长康的男生朝他张大嘴巴。

徐宏志看了一下，发现孙长康口腔里有几个地方被割伤了。

"我女朋友昨天穿了个舌环。"他苦着脸说。

"涂点药膏，吃点消炎药，应该会没事的。"他拉开抽屉找到药膏和消炎药给孙长康。

他有时会替宿舍的同学诊治，都是些小毛病，他们很信任他。药是他在外头的药房买的。然而，过去的一年，他成天把自己关在房里，他们已经很少来找他。

"你女朋友是念哪个系的？"他倒了一杯水给孙长康吃药。

他吞了一颗药丸。带着一脸幸福和欣赏的苦笑，他说：

"她这副德行，除了艺术系，还有哪个系会接受她？"

"我前几天在便利店里碰到她的时候，她跟那个女店员在聊天。"他试着漫不经心地说出这句话。

"你说的是不是苏明慧？头发多得像狮子、经常戴着一顶小红帽的那个女生？"

"对了，就是她。"他终于知道了她的名字。

"她是莉莉的同学，听说她今年转去了英文系。那个决定好像是来得很突然的。莉莉蛮欣赏她，她不容易称赞别人，却说过苏明慧的画画得很不错。"

"那她为什么要转系？"

他耸耸肩："念艺术的人难免有点怪里怪气。他们都说艺术系有最多的怪人，医学院里有最多的书呆子。"

徐宏志尴尬地笑了笑。

"可你不一样，你将来一定会是个好医生。"孙长康补上一句。

徐宏志一脸惭愧，那时候，他连自己是否可以毕业也不知道。

孙长康的手搭在他的肩膀上，说：

"虽然我不知道你是因为什么，但是，每个人都会有消沉的时候。"

那一刻，他几乎想拥抱这个脸上的青春痘开得像爆米花般的男生。他们一直都只是点头之交。即使在今天之前，他也认为孙长康是个木讷寡言的男生。就在前一刻，他还以为自己可以不着痕迹地从他口中探听苏明慧的事。

他对孙长康不免有些抱歉、有些感激。只是，男人之间并没有太多可以用来彼此道谢的话，如同这个世界一直缺少了安慰别人的词汇。

13 ◇

孙长康出去之后，他拉开了那条灰尘斑斑的百叶帘，把书桌前面的一扇窗子推开。外面的阳光漫了进来，他把脖子伸出去，发现窗外的世界有了一点微妙的变化。

就在牵牛花开遍的时节，那只掉落在他肩头的林中小鸟，披着光亮的羽毛，给了他一身的温暖和继续生活的意志。

有好几天，他带着一脸微笑醒来，怀着一个跳跃的希望奔向便利店，只为了去看她一眼，然后心荡神驰地回去。一种他从未遇过的感情在他心里漾了开来。他的眼耳口鼻会不自觉地挤在一块儿痴痴地笑，只因想到被她用帽子砸了一下的那个瞬间。

生活里还是有许多令人消沉的事，比如学业，比如那永不可挽的死亡，都超过了他所能承受的。他渴望溜出去，溜到她身边，溜出这种生活。

14 ⬡

　　隔天，徐宏志去了艺术系那个画展。"食人族"在那里，跟几个男生女生蹲在接待处聊天。他拿了一本场刊，在会场里逛了一圈，并没有看到苏明慧的画。"食人族"的画倒是有一张，那张画，也是最多人看的。

　　她的画反而不像她本人的奇装异服，用色暗淡，风格沉郁，有点像蓝调音乐。

　　"连'食人族'都说她画得好，苏明慧的画一定很不错。"他想。

　　他翻开那本场刊，在其中一页上看到一张苏明慧的画。那张现代派油画占了半版篇幅，一头狮子隐身在一片缤纷的花海里，它头上的鬃毛幻化成一束束斑斓的色块，左边耳朵上栖息着一只蝴蝶，天真的眼睛带着几分迷惘。

　　他不知道他是喜欢画家本人而觉得这张画漂亮，还是因为喜欢这张画而更喜欢这位画家。

　　他拿着场刊朝"食人族"走去，问她：

　　"请问这张画放在哪里？"

　　"食人族"似乎并不认得他。她看了看他所指的那一页，咕哝着：

　　"这张画没有拿出来展览。"

穿了舌环的"食人族"说话有点含混。他凑近一点问：

"那为什么场刊上会有？"

"场刊早就印好了，这位同学后来决定不参加画展了。""食人族"回答说。

带着失望，他离开了会场。

外面下着霏霏细雨，他把那本场刊藏在外衣里。那是一头令人一见难忘的狮子，充满了奇特的想象。她为什么要放弃画画？是为了生活，还是因为别的理由？

15 ⬡

夜晚，他冒雨去了便利店。他推门进去的时候，苏明慧戴着耳机，趴在柜台上看书。她蹙着眉，很专注的样子，似乎是在温习。也许是在听歌的缘故，她不知道他来了。直到他拿了一个杯面去付钱，她才发现他。

她站起来，把书藏在柜台下面，脸上没什么表情，朝他说了一声谢谢。

他走到桌子那边吃面。雨淅淅沥沥地下，多少天了？他每个晚上都来吃面，有时也带着一本书，一边吃面一边看书，那就可以多待一会儿。这个晚上，店里只有他们两个人，她继续听歌，时而用手指揉揉眼睛，看起来很倦的样子。他发现她的眼神跟那张画里头的狮子很相似。到底是那头狮子拥有她的眼神，还是她把自己的眼神给了狮子？她用手指揉眼睛的时候，仿佛是要赶走栖在眼皮上的一只蝴蝶。那只蝴蝶偏偏像是戏弄她似的，飞走了又拍着翅膀回来，害她眨了几次眼，还打了一个小小的哈欠。她及时用手遮住了嘴巴。

一股幸福感像一只白色小鸟轻盈地滑过他的心湖。她所有的、毫无防备的小动作，在这个雨夜里，只归他一人，也将永为他所有。

她没有再看那本书。每当他在店里，她都会把正在看的书藏起来。

16 ⬡

他走出便利店的时候才发现外面下着大雨。雨一浪一浪地横扫，根本不可能就这样回去。他只好缩在布篷下面躲雨，雨水却还是打湿了他。

过了一会儿，接班的男生撑着伞，狼狈地从雨中跑来。该是苏明慧下班的时候了，他心跳加快，既期待她出来，又害怕她出来。

半晌，苏明慧拿着一把红色的雨伞从店里走出来。她发现了他，他腼腆地朝她微笑。她犹豫了一下。不像平日般绷着脸，她投给他一个困倦的浅笑。

那个难得的浅笑鼓舞了他。他朝她说：

"雨这么大，带了雨伞，也还是会淋湿的。"

她低了低头，没有走出去，继续站在滴滴答答的布篷下面，跟他隔了一点距离，自个儿看着雨。

"你的朋友莉莉是我邻房的女朋友。"他说。

"那你已经知道了我的名字喽？"她问。

他微笑朝她点头。

"那你已经调查过我喽？"语气中带着责备。

"呃，我没有。"他连忙说。

看到他那个窘困的样子，她觉得又好气又好笑。

"我今天去过艺术系那个画展。"他说。

她望着前方的雨，有一点惊讶，却没回答。

"我在场刊上看到你的作品，可惜没展出来。我喜欢画里头的狮子。它有灵魂。你画得很好。"

她抬头朝他看，脸上掠过一抹犹豫的微笑。

然后，她说了一声谢谢，撑起雨伞，冒着大雨走出去。

他跑上去，走在她身边。

她把头顶的雨伞挪过他那一边一点点。他的肩膀还是湿了。

"你为什么要放弃？"雨太大了，他要提高嗓门跟她说话。

"这是我的事。"她的眼眸并未朝向他。

"我知道不关我的事，我只是觉得有点可惜。"

她把雨伞挪回自己的头顶，一边走一边说：

"我不觉得有什么可惜。"

"你很有天分。"他说。

"有多少人能够靠画画谋生？"她讪讪地说，雨伞挪过他那边一点点，再一点点。

"你不像是会为了谋生而放弃梦想的那种人。"

"你怎么知道什么是我的梦想？"她有点生他的气，又把雨伞挪回自己头顶。

"呃，我承认我不知道。"他脸上挂满雨水，猛地打了一个寒战。

她看着有点不忍，把手里的雨伞挪过他那边。最后，两个人都淋湿了。

她没有再说一句话，两个人无言地走着。

雨停了，她把雨伞合起来，径自往前走。

她朝女生宿舍走去，右手里的雨伞尖随着她的脚步在路上一停一顿。她看上去满怀沮丧。

他后悔自己说的太多了，也许开罪了她。然而，这场雨毕竟让他们靠近了一点。一路走来，他感觉到她手里那把伞曾经好几次挪到他头顶去。

17 ◇

他以为自己的身体很强壮，没想到竟然给那场雨打败了。半夜里他发起烧来，是感冒。他吃了药，陷入一场昏睡，待到傍晚才回复知觉。

他想起他的一位中学同学 C 。那时候，C 为了陪一个自己喜欢的女生游冬泳，结果得了肺炎。他们都笑 C 害的是甜蜜病。三个星期之后，C 康复过来，那个强壮的女孩子却已经跟另一个男生走在一起了。

C 悲愤交集，把那张肺部花痕斑斑的 X 光片用一个画框裱挂在床前，时刻提醒自己——爱情的虚妄和女人的无情。

他呢？他不知道此刻害的是甜蜜病还是单相思病。

他头痛鼻塞，身子虚弱，却发现自己在病中不可思议地想念她。

爱情是一场重感冒，再强壮的人也不免要高举双手投降，乞求一种灵药。

他想到要写一封信给她，鼓励她，也表达一下他自己。他拿了纸和笔，开始写他平生第一封情书。

起初并不顺利，他给自己太大压力了，既害怕写得不好，又很虚荣地想露一手，赢得她的青睐。最后，他想起他读过的一本书。

18 ⬡

他把写好的信放在一个信封里，穿上衣服匆匆出去。

他是自己的信鸽，忘了身体正在发烧，衔着那封信，几乎是连跑带跳地朝便利店飞去，那里有治他的药。

他走进去，苏明慧正忙着，没看到他。他随便拿了一块纸包蛋糕，来到柜台付钱。

他大口吸着气。她朝他看了一眼，发觉他有点不寻常。他的脸陡地红了，拿过蛋糕，匆匆把那封信放在她面前，不等她有机会看他便溜走。

回去的路上，他不停地想着她读完那封信之后会怎么想。他发现自己的烧好像退了，身体变轻了。但他还是很想投向梦乡，在那里梦着她的回音。

19 ⬡

接下来的两天，他每天在宿舍房间和楼下大堂之间来来回回，看看信箱里有没有她的回信，但没有。他决定去便利店看看，说不定她一直在那边等他，他却已经两天没过去了。

他进去的时候，看到那台收款机前面围了几个人，有男生，也有女生。大家的眼睛盯着同一个方向看，似乎是有什么吸引着他们。

苏明慧背朝着他，在另一边，把一瓶瓶果汁放到冰箱里。他静静地站在一排货架后面，带着幸福的思慕偷偷看她。

人们在笑，在窃窃低语。待他们散去，他终于明白他们看的是什么：那是他的信。

那张信纸可怜地贴在收款机后面。已经有太多人看过了，上面有几个肮脏的手指印，纸缘卷了起来。

她转过身来，刚好看到他。他难以置信地望着她。

"你为什么要这样做？"他的身体因为太震惊而微微颤抖。

"你是说那封信？"她漫不经心地说，似乎已经承认这件事是她做的。

挫折感当头淋下，他愣在那儿，说不出话来。

"你还是用心读书吧。"她冷冷地说。

他不明白她这句话的意思。

"你不会想再留级吧？"她接着说。

他的心揪了起来，没想到她已经知道。

"并不是我有心去打听。在这里，光用耳朵就可以知道很多事情。"她说。

他没料到这种坦率的爱竟会遭到嘲笑和嫌弃。

"因为我喜欢你，你就可以这样对我吗？"悲愤滚烫的泪水在他喉头涨满，他忍着咽了回去。

"你喜欢我，难道我就应该感激涕零吗？"带着嘲讽的口吻，她说。

他突然意识到她对他不可理喻的恨。

"你为什么要折磨我？"他咬着牙问。

"我就是喜欢折磨你。"她那双冷酷的黑色眸子望着他。

"你为什么喜欢折磨我？"

她眼里含着嘲弄，说：

"我折磨你的方式，就是不告诉你我为什么要折磨你。"

"你这个女人，你到底是什么人？"他吃惊地朝她看。

"是个你不应该喜欢的人。"她转身用背冲着他，拿了一条毛巾使劲地擦拭背后那台冰激凌机。

他懂得了。他的卑微痴傻在这里只会沦为笑柄。她并不是他一厢情愿地以为的那个人，也不配让他喜欢。

他转身朝外面走去。她再也没有机会折磨他了。

20 ⬡

回到宿舍，他感到每个人都好像已经看过那封信。他们在背后嘲笑他，或是同情他。这两样都是他不能接受的。

他想躲起来。但他可以躲到哪里去呢？除了他的床。

他躲入被褥里，成天在睡觉，把生活都睡掉了。假使可以，他想把青春虚妄的日子都睡掉。他想起同学那张肺部花痕斑斑的光片。他徐宏志，现在才拿到属于他自己那张好不了多少的肺部光片。他有点恨她，也恨所有的女人。他的爱可以虚掷，却受不了轻蔑。她可以拒绝他的爱，却无权这样践踏他的尊严。

可恶的是，受了这种深深的伤害，他竟然还是无法不去想她。这是报应吧？遇上了她，他天真地以为可以从一种难以承受的生活渡到另一种生活，却把自己渡向了羞辱。

现在，他只想睡觉。他要用睡眠来堕落，希望自己更堕落下去，就像她出现之前那样。

21 ⬡

他不知道这样睡了多少天，直到门外响起一个声音：

"徐宏志，有人来找你。"

他懒懒散散地爬出被褥去开门。

那个来通知的同学已经走开了。他看到自己的父亲站在那里。

为什么父亲偏偏在他最糟糕的时刻来到？他睡眼惺忪，蓬头垢面，胡子已经几天没刮了，一身衣服邋邋遢遢的。

徐文浩看到儿子那个模样，沉下了脸，却又努力装出一个宽容的神情。他儿子拥有像他一样的眼睛，性格却太不像他了。他希望他的儿子能够坚强一点，别那么脆弱。

"爸。"徐宏志怯怯地唤了一声，然后拉了一把椅子给他。

徐文浩身上散发着一种他儿子没有的威严和气度。他穿着一套剪裁精细的深灰色西装，衬上深蓝色暗花丝质领带和一对玫瑰金袖扣，低调但很讲究。他五十七岁了，看得出二十年前是个挺拔英俊的男子。二十年后，虽然添了一头灰发，脸上也留下了光阴的痕迹，风度却依然不凡。他的眼神冷漠而锐利，好像什么都不关心，也好像没有什么事情能瞒得过他。他是那样令人难以亲近，把自己变成了一个寂寞的男人。

他一边坐到椅子里，一边跟儿子说：

"没去上课吗？"语气像是责备而不是关心。

徐宏志站在父亲跟前，低着头说：

"今天有点不舒服。"

"有去见医生吗？"不像问候，反而像是审问。

"我自己吃了药，已经好多了。"他心不在焉地说。

一阵沉默在父子之间缓缓流动。徐文浩留意到一本画展的场刊躺在乱糟糟的书桌上，翻开了的那一页吸引着他。那一页登了苏明慧的画。

他拿起来看了看，说：

"是学生画的？技巧幼嫩，不过，有点天分。"

徐宏志很诧异他父亲对这张画的评价。父亲是个十分挑剔的人，他这样说，已经是给了很高的分数。

虽然他心里仍然恨苏明慧，为了跟父亲抗争，他偏要说：

"我觉得很不错。"

徐文浩知道儿子是故意跟他作对的。有时候，他不了解他儿子。他所有的男子气概似乎只会用来反叛自己的父亲。

"这一年，我知道你很难受。"他相信他能够明白儿子的心情。

"也不是。"徐宏志回答说。他不相信父亲会明白他，既然如此，他宁可否定父亲。

他感到儿子在拒绝他的帮助，也许他仍然因为他母亲的事而恨他。

"剑桥医学院的院长是我朋友，我刚刚捐了一笔钱给医学院。用你前一年的成绩，转过去剑桥，应该没问题。"徐文浩说。

"爸，我喜欢这里，而且，我想靠自己的能力。"他拒绝了父亲。父亲最后的一句话，使他突然意识到，他去年的成绩，在一向骄傲的父亲眼里，是多么不长进，所以父亲才想到把他送去英国，不让他留在这里丢人现眼。父亲不会明白，分别并不在于此处或天涯。父亲也永不会明了失败的滋味。

徐文浩再一次被儿子拒绝之后，有些难过。他努力装出不受打击的样子，站了起来，说：

"你吃了饭没有？"他很想跟儿子吃顿饭，却没法直接说出来。

"我吃了。"他撒了个谎。

"那我走了。"他尽量不使自己显得失望。

徐宏志偷偷松了一口气，说："我送你出去。"

"不用了，你休息一下吧。再见。"那一声"再见"，客气得不像是跟自己儿子说话。

徐文浩走出房间，下了楼梯。

徐宏志探头出窗外，看到父亲从宿舍走出来。家里的车子在外面等他，司机为他打开车门，他上了车。

车子穿过渐深的暮色，消失在他的视线里。他退回来，把窗关上。

那个唯一可以把他们拉近的人已经不在了。父亲和他之间的距离，将来只会更遥远一些。

他溜到床上，把脸埋入枕头，沉溺在他残破的青春里。

22 ⬡

剧社的人在大学里派发新剧的宣传单，每一张宣传单都很有心思地夹着一朵野姜花。一个女生塞了一份给苏明慧。她把它揣在怀里，朝教室走去。

她选了教室里靠窗的一个座位，把带来的那本厚厚的书摊开在面前。那封信夹在书里。

她用一块橡皮小心擦去信纸上的几个手指印，又向信纸吹了一口气，把上面的橡皮屑吹走，然后，她用手腕一下一下地把信纸熨平。

已经没有转圜的余地了，徐宏志心里一定非常恨她。

她何尝不恨他？

为什么他要在这个时候出现？为什么他的信要写得那么好？他在信里写道：

你也许会责怪我竟敢跟你谈你的梦想。我承认我对你认识很少。（我多么渴望有天能认识你更多！）

我以前读过一本书，书名叫《牧羊少年奇幻之旅》，书里说："当你真心渴望某样东西时，整个宇宙都会联合起来帮助你完成。"当我们真心去追求梦想的时候，才有机会接近那个梦想，纵使失败，起码也曾经付出一片赤诚去追逐。

我希望你的梦想有天会实现，如同你眼眸绽放的笑容一样绚烂，虽然我可能没那么幸运，可以分享你的梦想。

一个男人对一个女人的神往，也许会令她觉得烦人和讨厌。那么，我愿意只做你的朋友。

第一次读到这封信的时候，她几乎醉倒了。然而，一瞬间，一种难言的酸楚在她心中升了起来。他以为她没读过那本书吗？她曾经真心相信梦想，眼下，她不会再相信所谓梦想的谎言了。

他喜欢的，不过是他眼睛看到的一切。

她恨造物主，恨自己，也恨他。

她只想要他死心，而他现在应该已经死心了。

有多少个晚上，她期盼着他来到店里。他出现的时候，她偏偏装作满不在乎。他怀里经常揣着一本书，他和她是同类，都是书虫。

将来，他会看得更多，而她会渐渐看不见了。

23 ◇

那朵野姜花的清香扑面而来，她把它跟徐宏志的信一起放在书里。

她朝窗外望去，看到了他们初遇的那片青草地。他有一种非常好听的声音。那震动她心弦的声音仿佛是她宿命的预告。造物主夺去她的视力，却让她遇到这声音，是嘲讽，还是用这声音给她补偿？

终有一天，她唯一可以依赖的，只有她的听力。

24

三个月前的一天，她画画的时候，发现调色板里的颜色一片朦胧。她以为自己只是累了。

过了几天，她发现情况并没有好起来。她看书的时候，头埋得很低才看得清楚。她看人的时候，像是隔着一个鱼缸似的。

她以为自己患了近视，没想到这么大个人了，才有近视眼，谁叫她常常在床头那盏小灯下面看书？

她去见了校医，校医要她去见　位眼科医生。

那位眼科医生替她做了详细的检查。他向她宣告：她将会渐渐失去视力。

"有人可以照顾你吗？"那位好心的医生问。

她摇了摇头。

"你的家人呢？"

"他们在别处。"她回答说。

25 ◈

几个小时之后，她发现自己躲在宿舍房间的衣柜里。她抱着膝头，蜷缩成一团，坐在一堆衣服上面。唯有在这里面，看得见与看不见的，都没有分别。她伸手不见五指，看不到一点光，只听到自己的呼吸。

许久之后，她听到房间外面响起一个声音，有人在呼唤她的名字。她没回答。那人推门进来，踱到衣柜前面，自言自语：

"呃，她不在这里。"

那是莉莉的声音。

然后，她听到莉莉离开时顺手把门带上的声音。留下来的，是一片可怕的寂静。

她再也撑不住了，双手覆住脸，呜呜地啜泣，身体因害怕而颤抖哆嗦。即使刚才那个不是莉莉，而是任何一种声音，任何一个陌生人的召唤，都会使她的眼泪决堤。

贝多芬聋了还能作曲，然而，一个把什么颜色都看成模糊一片的人，怎么还能够当上画家？所有她曾经梦想的梦，都将零落漂流。她唯一能够扳回一局的方法，不是自哀自怜，而是弃绝她的梦想。

26 ◇

第二天，她去申请转系。

系主任把她叫去，想知道她转系的原因，试图游说她改变主意。

系主任是位多愁善感的雕塑家，很受学生爱戴。

"我看过你的画，放弃实在可惜。"他说。

这种知遇之情把她打动了，她差一点就要告诉他。然而，想到他知道原因后，除了同情，也改变不了事实，她的话止住了。她讨厌接受别人的怜悯。

她现在需要的是谋生，从英文系毕业，她起码可以当传译员，甚至到盲人学校去教书。她没有什么人可以依靠，除了她自己。

系主任对她的决定感到可惜。于是，她得以带着尊严离开他的办公室。

27 ◇

那个夜晚，她蹲坐在宿舍房间的地板上，把油彩、画架、她珍爱的画笔和所有她画的油画，全都塞进几个黑色塑料袋里。徐宏志在画展场刊上看到的那张画，使她犹豫了一阵，那是她耗了最多心血和时间画的，是她最钟爱，也是她画的最后一张画了。她把它跟其他东西一起拿去扔掉，好像她从来就没有画过画一样。

把所有东西扔掉之后，她发现自己双手沾了一些红色和蓝色的油彩。她在洗手槽里用松节油和一把刷子使劲地擦去那些油彩。她不要眷恋以往的生活和梦想，眷恋也是一种感情，会使人软弱。

她曾经憧憬爱情，今后，爱情也像随水冲去的油彩一样，不再属于她。她不要成为任何人的负累。

徐宏志偏偏紧接着她的厄运降临，就像她明明已经把所有油彩拿去扔掉了，其中一管油彩却诡秘地跟在她身后，提醒她，她曾经憧憬的幸福与眼下的无助。她不免对他恼火，却又明知道他是无辜的。

28 ◈

她回到宿舍，把那本厚厚的书放在床头。野姜花的味道在房间里和她的手指间飘散，掺杂了泥土和大地的气息。她以为自己已经平静多了，却发现她开始想念徐宏志。

她把对造物主的恨转移到他身上，爱情却恰恰是造物以外的法度。

她相信命运吗？还是，宁愿相信爱情的力量？梦想是注定寻求不到的，但我们不免会想念曾经怀抱的梦想。爱情是我们的自由，只是，她不知道这种自由会换来几许失望。

她朝窗外看去，牵牛花已经开到荼蘼了。徐宏志会把她忘记，她也会忘掉他。只消一丁点光阴，他们以后的故事都会改写。

然而，在这样的时刻，她想起了那个老旧的德国童话。故事里的吹笛人为城镇驱赶老鼠，镇上的居民后来食言，拒绝付他酬劳。为了报复，吹笛人用笛声把镇上所有的小孩子都拐走了。

当爱情要召唤一个人的时候，强如那掺了魔法的笛声，只消一丁点光阴，人便会身不由己地朝那声音奔去。

她想向他道歉。

她提醒自己，道歉并不是一种感情，而是人格。

那真的不是一种感情吗？

她为那样伤害他而感到内疚。

内疚难道不是感情？

我们会为不曾喜欢，或是不曾挣扎要不要去喜欢的人而内疚，害怕他受到伤害吗？

29 ◇

她来到男生宿舍，上楼到了他的房间。那扇门敞开着。徐宏志软瘫在一把有轮的椅子里，头发湿湿的，像刚刚洗过。他两条腿搁在书桌上，背朝着她，在读一本书，但看起来无精打采的。

房间的墙上用木板搭了一个书架，横七竖八地放满了书。书架旁边，挂着一副医科生用的骷髅。

那张单人床上的被子翻开了，一条牛仔裤搭在床边，裤脚垂到地上。房间里荡漾着书的气息，也夹杂着肥皂香味、洗发精和单身乏人照顾的男生的味道。

有点带窘的，她低声说：

"徐宏志。"

他的背影愣了一下，把脚缩回来，缓缓地朝她转过身去，似乎已经认出她的声音。

她投给他一个温和的眼神，他却只是直直地望着她，声音既清亮又冷酷：

"你来干吗？"

她脸上友善的神情瞬间凝结，难堪地戳在那儿。

他并没有站起来，仍旧坐在那把有靠背和扶手的绒布椅子上，仿佛是要用这种冷漠的姿态来挽回他失去的尊严。

"你把我侮辱得还不够吗？"带着嘲讽的意味，他说。

他好像变成另一个人似的，她后悔自己来了。但是，既然来了，她得把话说清楚。

"徐宏志，你听着。"她静静地说，"我是来跟你道歉的。"

他怔在那儿，满脸惊讶，但那张脸瞬间又变得阴郁。

"你这一次又想出什么方法来折磨我？"他冷笑了一声，继续说，"我开始了解你这种女人，你会把男生的仰慕当作战利品来炫耀，然后任意羞辱你的战俘！"

她的心肿胀变大，生他的气，也生自己的气。

"你怎么想都随你，你有权生我的气。"她退后一步，带着满怀的失落转身离去。

听到她走下楼梯的脚步声，他懊恼地从椅子上站了起来。他对她实在摸不透，当他想要忘记她的时候，她偏偏又飞了回来，栖在那儿，显得小而脆弱，唤起了他心中的感情。

他不知道她那双漆黑闪亮的眼眸里到底藏着什么心事。他希望自己再长大一些、老一些，更了解女人，而不是像现在这样，只会用冷言冷语来掩饰年轻的青涩。

30 ⬡

爱情始于某种不舍。他曾经舍不得每天不去便利店偷偷看她一眼，哪怕只是一段微小的时间。就在这一刻，他发现自己舍不得伤害她，舍不得让她带着失望离去。

他奔跑下楼梯，发现她已经走出宿舍，踏在花圃间一条红砖路上，快要从他的视野中消失。他连忙走上去，拉住她的背包。

她倒退了半步，朝他转过身来，那双清亮的眼睛瞪着他，快快地问：

"你想怎样？还没骂够吗？"

他吸着气，好像有话要说的样子。

没等他开口，她盯着他，首先说：

"你又想出什么方法来报复？还是那些战利品和战俘的比喻吗？"

"你不是说我有权生气的吗？"

她一时答不上来，投给他疑惑的一瞥，搞不清他到底想怎样。

"不过，"他朝她抬了抬下巴，得意地说，"我弃权。"

"呃，那我应该感谢你啦？"她蹙着眉，故意显出不高兴的样子。

"不用客气。"他唇上露出一弯微笑。

"那我就不客气了。"她径自往前走。

他走到她身畔，踢走脚边的一颗石子。

她朝他看，一边走一边绷着脸问他：

"你干吗跟着我？"

他的脸红了，老盯着路面，踢走脚下一颗石子，然后又是一颗，再一颗。

"你是不是打算一路为我清除路障？"带着嘲弄的语气，她问。

他踩住脚下的一颗石子，双手窘困地插在口袋里，终于说：

"对不起，我不是故意让你难堪的。"

她回过头来，怔怔地望着他。他站在那儿，傻气而认真，为自己从没做过的事道歉。这颗高贵的灵魂感动了她，她明白自己对他的恨是毫无理由的。

"好吧，我原谅你。"她眨了眨眼，掉转脚跟，继续往前走。

"你原谅我？"他莞尔。

"嗯，是的。"她点了点头。

他开始有一点明白她了。她嘴巴比心肠硬。

"你不会是头一次写信给女孩子的吧？"她边走边说。

"是头一次。"他急切地回答。

"不会是从什么《情书大全》抄下来的吧？"她促狭地说。

"当然不是。"他紧张地说。

"我读过那本书。"她说。

"你是说《牧羊少年奇幻之旅》？"

她点了点头。

"是什么时候读的？"

"你以为只有你读过吗？我早就读过了。"

"我十五岁那年读的。"他说。

"我十一岁那年已经读过，比你早四年。"

他狐疑地看着她，说：

"年纪这么小，会看得明白吗？"

"智商高，没办法。"她神气地说。

"那时真想去看看书里提到的埃及沙漠。"他说。

"我去过沙漠，非洲的沙漠。"她告诉他。

"什么时候去的？"

"我小时候在肯尼亚住了三年。"

"怪不得。"

"什么怪不得？"

"你有一种近似非洲豪猪的野蛮！豪猪身上就长满毛刺，会刺得人很痛。"

"我也见过一只很像你的狒狒。"她懒懒地说。

"那么，你真的见过狮子？"他想起她那张画。

她点了点头，不太想提起狮子的事。

"你喜欢非洲吗？"他问。

"那个地方不属于我。"她淡淡地说。

"有机会，我真想去埃及金字塔。"他兴致勃勃地说。

她突然静了下来。她没去过金字塔。她原以为总有一天会去的。从今以后，所有风景都没分别了，成了一片模糊的远景。

"你记不记得牧羊少年在沙漠里认识了一位炼金术士？"过了一会儿，她说。

"嗯。"他点头。

"那位炼金术士拥有一颗哲人石和一滴长生露。"

"我记得这一段。"

"哲人石能把任何东西变成黄金；喝下长生露的人，会永远健康。"

"这两样都不可能。"他回答说。

她却多么希望这个故事不是寓言。

"你为什么要念医科？"她突然问。

这个问题深深触动了他。过去的一年，他几乎忘记了当初为什么选择医科，也忘记了他曾经热切努力的目标和梦想。

"我想把别人的脑袋切开来看看。"他笑笑。

"你这么聪明，不像会留级。"她说。

"我并不聪明。"他耸耸肩，无奈地说。

"毕业后，你打算修哪一个专科？"她问。

"我想做脑神经外科，那是最复杂的。"

她停下脚步，朝他抬起头，说：

"你看看我的眼睛有什么问题？"

他凑近她，就着日光仔细地看看那双漂亮的黑眼珠，羞涩地说："没什么问题。"

　　"幸好你选了脑神经外科，而不是眼科。"她揉了揉眼睛，朝他微笑。

　　他心头一震，惊讶地望着她，在她眼中读出了哀凄的神色。

　　"我的眼睛有毛病，是视觉神经发炎，三个月前发现的。医生说，我的视力会渐渐下降。一旦复发，我便什么也看不见。幸运的话，那一天也许永远不会来临。但是，也许下一刻就来临。就像身上系了颗计时炸弹，它不会把我炸成碎片，只是不再让我看东西。"她静静地说完。

　　他太震惊了，一瞬间，他恍然明白，为什么在草地上摔倒的那天，她会那么生气。她害怕自己是根本看不到他躺在那里。他终于知道她为什么放弃画画，为什么从来不在他面前看书。他太笨了，竟然看不出来，还教训她不要放弃梦想。

　　他在书上读过这个病。病因是病人的免疫系统突然出了问题，可能是遗传，也可能跟遗传没有关系。这个病无药可治，病人的视野渐渐缩小，盲点愈来愈大，会把颜色混淆。这个病，一旦复发便很严重，也许最后连光都看不见。

　　她却能够平静地道出这个故事。他难过地望着她，为自己所做的一切而愧疚。她的冷淡或冷酷，无非是想把他气走。他却生她的气，以为她是故意折磨他。就在前一刻，他还故作幽默地取笑她像非洲豪猪。

　　"别这样看着我，我不需要同情。我觉得现在很好。比起一出生就看不见的人，我看的东西已经够多了。我见过牵牛花，见过海边成千上万的红鹳，见过狮子、野豹和羚羊，当然也见过豪猪。我见过浩瀚的沙漠，见过沙漠最壮阔的地平线，也见过我自己。"她坚强地说。

　　他不知道要对她说些什么。他也许懂得安慰脆弱的心灵，却不晓得坚强的背后有过几许挣扎和辛酸，又有多么孤单。

　　"有时候，其实也不用看得太清楚，尤其当你有一张自己都不喜欢的阔嘴。"她逗趣地说。

　　他很想告诉她，那张阔嘴把她的脸衬得很漂亮，但他实在没法若无其事地挤出一个笑容来认同她的黑色幽默。

　　她继续说："大部分动物只看到黑白两色，鲨鱼更是大近视。它们照样生存，而且比我们勇敢。"

　　他失神地点点头。

　　她朝他微笑："我的眼睛，从外表是看不出有毛病的。所以，你还是会成为一位好医生的，呃，应该是一位好的脑神经外科医生才对。"

　　然后，她说："我要上课了。再见。"

　　这最后一句话，却说得好像永不会再见似的。

　　他戳在后头，看着她自个儿朝教室走去。他分不出她的坚强是不是伪装的。我们都知道世上没有长生露。在另一个星球，也许会有。可惜的是，我们住在一个没有灵药的星球上。

她走远了。他无法使自己的视线从她身上移开。他想起他们初识的那个午后，她掉落在他的肩头，出于惊惶和恐惧而悻悻地骂了他一顿。是谁把她送来的？爱情是机遇，还是机遇会把两个命运相近的人一起放在草篮里？

他心中满溢着对她的同情，不是对一个朋友的同情，而是对已经爱上的人的同情。唯有这种同情，使人心头一酸，胳膊变虚弱了。

31 ⬡

整个下午，苏明慧都在上课，只在小憩的时候逼自己吃了点东西。她今天在他面前说了那么多话，是好胜地显示自己的坚强，还是奸诈地把她的病说得轻松平常，然后骗他留在身边？她怎么骗得过他呢？他是读医的。

跟他道出那一声艰难的再见时，她心里渴望他会再一次从背后拉着她，告诉她：

"不管怎样，我还是那样喜欢你！"

她故意加快了脚步，缩短自己失望的时间。这一次，并没有一双手把她拉回去。

32 ⬡

今天晚上，她不用到便利店上班。下课后，她没回宿舍，而是去了火车站。

她坐在月台上，一列火车停靠，发出阵阵号声，人们挤上火车。她没上去。

她凭什么认为一个偶尔相逢的人会接受她的命运？

在肯尼亚野外生活的那段日子，她有一位土著玩伴。那个比她小一岁的漂亮男孩教她摔跤和用标枪捕猎动物。那时候，她深深爱上了他，发誓长大后要嫁给他，永永远远留在非洲的大地上。后来，她被母亲送了回来，两个人再也见不到面了。临别的时候，男孩跟她说：

"我们是不一样的。"

她偶尔还会想念他，但是，那段记忆已然远了。他也许早已经把这个黄脸孔的小女孩忘掉。她也没法想象自己今天会在脖子上戴着一串项圈，赤着脚，升起炊烟，等她的情人狩猎之后回家。

能够相遇的，也许终将会变遥远。

夜已深了，月台上只剩下她一个人。她站了起来，深深吸了一口气，离开车站，走路回去。

33 ⬡

月亮疏疏落落的光影照在回去的路上。她朝宿舍走去，隐约看到一个人影坐在宿舍大楼前面的台阶上，然后逐渐放大，直到模糊的身影变得熟悉。

她看见徐宏志从台阶上站了起来，似乎已经等了很久。

她惊讶地朝他抬起眼睛，他站在那里，一张脸既期待又担心。

"你今天不用上班吗？"他问。

她点了点头。

"我找了你一整天。"他说。

"你找我有事吗？"她缓缓地问。

他那双温柔的眼睛朝她看，暖人心窝地说："我可以陪你等那一天吗？你说过，那一天也许永远不会来临，也许下一刻就来临。我想留在你身边。"

"不要觉得我可怜。"她固执地说。

"我没有这样想。"他回答说。

"你不是宁愿和一个健康的人一起吗？"

"每个人都会生病的。"

"但我的病是不会好的。"

"说不定有一天可以治好，很多病从前也是无药可治的。"

她难过地笑笑：

"那也许会是三十年，或五十年后的事。"

"我们有的是时间。"他说。

她看着他，嘴唇因为感动而紧抿着。

"别傻了。"她伤感地道。

他不解地看着她，想弄明白她话里的意思。

"我们还没有开始，你不需要这样做。"她说。

"对我来说，我们已经开始了。"他笃定地望着她。

泪水在她的喉头涨满，她咽了回去，告诉自己，以后要为他坚强。他会是她今生看到的最后一抹色彩，远比沙漠的地平线壮阔。

他羞涩而深情地告诉她：

"假使你不嫌弃我有少许近视的话，我愿意做你的一双眼睛。"

她整个人融化了，感到有一双温暖的手把她拉向怀里。她飞向他，在他的胸膛里扇动，庆幸自己没有永远留驻在非洲的大地上。否则，她今生将错过这个永恒的瞬间。

/情/人/无/泪/ ⬡　　　第二章

和
光阴
赛跑

一天，他朝她感激地说：

"幸好遇上了你。"

原来，连她自己，也是紧接着坏消息而来的好消息。

爱情往往隐含在机遇之中，

他们何其相似？在人生逆旅中彼此安慰。

1 ⬡

　　苏明慧手里拿着一面放大镜，躲在图书馆二楼靠窗的一张书桌前面，读着一沓笔记。她已经不能不借助这件小工具了。它上面有一盏灯，把灯拧亮了，可以看得清楚一点。不过，用这个方法温习，很累就是了。

　　她搁下放大镜，朝窗外看去，正好看到一个小黑点大老远朝这边跑来，愈来愈近。虽然对她来说，仍然是朦胧的一个人影，但她早就认出是徐宏志了。上帝要一点一点地把她的视力拿走，徐宏志的一切却同时又一点一点地深深钉入她的记忆里。单凭他走路的样子，她就不会错认成别人。

她朝他挥手，他也抬起头使劲地朝她挥手，动作大得像停机坪上那些指挥飞机降落的工作人员般，生怕她看不到似的。她却已经认出这个小黑点。

现在，他上气不接下气地跑了上来。

"怎么样？"一双期待的眼睛朝他抬起来。

他从口袋里摸出那张折叠成一角的成绩单来，在她面前神气地扬了一下。

她把他手里的成绩单抢过来抖开，用放大镜看了一遍，吃惊地望着他。

"你全都拿了Ａ？"

他靠着她坐下来，把脸凑近她，问：

"有什么奖励？"

她在他脸上捏了一把。

他摸着脸说：

"还以为会是一个吻。"

她低嘘："这里是图书馆！"

他看到她口里嚼着一些东西。

"你在吃什么？"

她淘气地朝他脸上吹了一口气，他嗅到了一股果汁的甜味。

"是蓝莓味的口香糖，蓝莓对眼睛好嘛！"她往他嘴里塞了一颗。

他把带去的书打开，陪着她静静地温习。

看到她拿起那面放大镜用神地读着笔记，时而用手揉揉那双疲倦的眼睛，他放下手里的书，吩咐她：

"转过来。"

她乖顺地转过身去，背朝着他。他搓揉自己的双手，覆在她的眼皮上，利用手掌的温热，轻柔地为她按摩。

她闭上眼睛，头往后靠，想起每个小孩子都玩过的一个游戏：她的同伴不知道从哪儿跑出来，用双手蒙住她的眼睛，要她猜猜这个人是谁。

要是到了那一天，黑暗是像现在这样，眼前有一双温暖的大手覆着，背后有一个可以依靠的胸怀将她接住，那么，黑暗并不可怕。

她吸了一口气，嗅闻着身后那个胸怀的味道。自从眼睛不好之后，她的鼻子和耳朵竟变得灵敏了。她喜欢嗅闻他，他闻起来好香，糅合了甜甜的口气、温暖的气息和到病房上课之后身上消毒药水的味道，像个刚从产房抱出来的婴儿似的。她能够在千百人之中，很轻易地把他闻出来。

他抗议说，他已经是个成人了。至于她，他反而可以想象得到，她从产房抱出来的时候，一定是个怒发冲冠、手脚乱舞、非常可怕和难驯的女娃。果然，七年后，她就骑着一头非洲大象横渡鳄鱼潭了。

她告诉他，野生动物的味道并不好闻。它们不像宠物狗，可以拿去美容，然后往身上洒香水。他的鼻子没她那么灵，但是，他还是闻得到她的味道。没有一个人不能分辨恋人身上独特的味道，那甜腻的气息常常在想念中流曳，提醒我们，人的血肉肌肤，不光是由细胞组成的一具躯体，而是有了爱和尘土的味道。

他拿走了她一直握在手里的那面放大镜。他想，她需要一台放大器来代替这面小镜子。

2 ⬡

那台放大器就像一部笔记本电脑，荧幕下面有一个可以升起来的架格，里面藏着一台闭路电视，把书摊开在上面，然后调校焦点、字体的大小和想要放大的倍数，那一页文字便会出现在荧幕上，阅读时会比用放大镜舒服许多。

苏明慧去上课，徐宏志偷偷来到她的房间，装好了这台机器，然后悄悄掩上门离开。

几个小时之后，徐宏志在自己的房间里做功课，发现苏明慧来了。她望着他，想说什么又不知道如何开口，脸上的表情复杂可爱。

他朝她微笑。

他一笑，她就明白了。

"你疯了吗？那台机器很贵的。"

"我把零用钱省下来买的。"

她不以为然："你以为你是公子哥儿吗？"

"我当然不是公子哥儿。"他说。

"那就是啊！"

"你需要它。"他温柔地说。

他看过很多关于她那个病的资料，又去请教系内一位眼科教授，得到的答案都是这个病目前还没有医治的方法。既然不能治好她的眼睛，他只能努力让她过得好一点。

然而，一天，他难过地发现，课程里指定要读的书对她的眼睛来说已经很吃力。她已太疲倦，没法去读其他书了。

"以后由我来读书给你听吧！"他说。

"是不是环绕立体声？"她问。

"我只有一种声音，当然只能提供单音道服务。怎么样？机会稍纵即逝的啊！"

她想了一下，耸了耸鼻子说：

"但是，你会读什么书？"

"由你来选吧，我至少可以提供双语广播。"

"由你选好了，我信得过你的品味。要付费的吗？"

他想了想，认真地说：

"这样吧！用非洲的故事来交换。"

"那一言为定。"她笑笑说，飞快地舐了一下他的脸颊。

他摸着脸，说：

"呃，你又做动物才做的事？好恶心！"

她顽皮地笑了，像野兔般发出满足的震颤声。她从没想过有一天，她要用耳朵来听书。不过，假使在耳畔萦绕的，是他的声音，也就不坏。

非洲的故事，她愿意给他说一万遍。每个人都会认为自己的故事不平凡。她突然了悟，唯有当那个故事可以在某天说与自己所爱的人听，平凡才会变得不凡。我们都需要一位痴心的听众来为我们渺小的人生喝彩。

3 ⬡

　　他把要为苏明慧读的书分成两类：白天读的和夜晚读的。白天，他读一些比较轻松的，例如游记和杂志，甚至是食谱。夜晚，他读小说。由于朗读一本书比阅读要多花好几倍的时间，他选了侦探故事，以免他这位亲爱的，也是唯一的听众会忍不住打盹儿。

　　他拥有全套福尔摩斯小说。他初中时就迷上柯南·道尔笔下的这位神探。当然，他也喜欢福尔摩斯的助手华生医生。重读一遍年少时已经读过的书，他得以重新发掘个中的精彩。时日久远，以前读过的，他早就忘记了。

　　她对他的选择似乎很欣赏，从来没有一次打盹儿。她总是很留心去听，仿佛要补回因眼睛而失去的读书的幸福时光。

　　她有时会开玩笑唤他华生医生。读到紧张的情节，她不准他读下去，要自己猜猜结局。虽然她从来没有猜中，但是精神可嘉。

　　有时候，她会要他读医科书。他也因为朗读而把书里的内容记得更牢。他渐渐意识到，她并不是真的喜欢听这些她不可能明白的书，而是不想占去他温习的时间。

在宿舍台阶上等她回去的那个晚上，他告诉自己，今后要为她努力。荒废了一年的功课，需要双倍的努力去补回。然而，能为一个人奋斗，那种快乐无可比拟。他无法摘下星星作为她的眼睛，让她的眸子重新闪亮，但他们可以彼此鼓励。

两个人一起，路会好走一些。

4 ⬡

到了医科三年级下学期，徐宏志已经为她读完了三部引人入胜的福尔摩斯故事。她的"华生医生"在朗读方面很出色。他的声音抑扬顿挫，还非常可恶地经常在紧要关头故意停下来，懒洋洋地说：

"我累了，今天到此为止。欲知后事如何，请听下回分解。"

那么，这件案子到底是自杀还是谋杀呢？如果是谋杀，凶手又是谁？福尔摩斯是什么时候了然于胸的？有好多次，她要奉承他、请求他，甚至假装生气，命令他继续读下去。

读书，是他们两个人之间最私密和幸福的时光。别的情侣会去跳舞、唱歌、看电影，他们却在树下、草地上、房间里，下雨天的某个楼底下，沉醉在不同的故事和文章里。她难免觉得自己亏欠了他。于是，有时候，她会提议出去走走。

两个人在外面的时候，无论走到哪里，他总是把她的手握得很牢，生怕她会走失似的。那一刻，她会抗议：

"我还没有盲呢！"

每一次，她说到"盲"这个字，都立刻嗅得到他身上那股忧伤的味道。她岂不知道，她是在和时间赛跑？在失明的那天来临之前，她要尽量贪婪地多看他一眼，把他的一切牢牢记住。造物主拿走了她的视力，却永远拿不走她的记忆。

她曾经在草原上追逐一群可爱的小斑马，这种无法驯服的动物跑得非常快。她也曾在飞扬的尘土后头追赶一群羚羊，傻得以为自己总有一天能追上它们。

世上没有任何一种动物，跑得比时间和生命快。赛过光阴的，不是速度，而是爱情在两个灵魂之间的曼舞。

几年前，她读过柏瑞尔·马卡姆的自传故事《夜航西飞》，这位生于一九〇二年，在非洲肯尼亚训练马匹，也是史上第一位单人驾驶飞机由东向西横越大西洋的英国女飞行家，在她的自传里就提到非洲寓言中一个和生命赛跑的故事。

改天，她要徐宏志为她再读一遍这本书。

5 ◇

一个阳光温煦的午后，在医学院旁边的那棵无花果树下，徐宏志为她读一本刚刚出版的《国家地理杂志》，里面有一篇关于肯尼亚的文章。

他们背靠着背，他拿着杂志，说：

"听着啦！是关于你的故乡的。"

他喜欢把肯尼亚唤作她的故乡。

对她来说，那个地方，既是故乡，也是异乡。

那篇文章说的是肯尼亚小犀牛的故事。成年的犀牛被人猎杀之后，遗下出生不久的小犀牛。它们无法自己生存，志愿组织的保育人员会用奶瓶来喂哺这些可怜的"孤儿"。

"你看！是个香港女人！"徐宏志指着上面的一张照片说。

她心头一震，转过身去，眼睛凑近那张照片看。照片里，一个女人慈爱地抱着一只湿漉漉而长相奇丑的小犀牛，就像抱着自己的孩子似的，她用奶瓶给怀中的小动物喂奶。

不用细看说明，她也知道这是她继父拍的照片。她继父是拍摄野生动物的华裔美籍摄影师。

相片中那个四十出头的女子，是她的母亲。她的母亲，爱动物胜过爱她的孩子。不，也许她错了，母亲爱的是自由，胜过爱她作为一位母亲的责任。

她父母在她两岁那年分开。她父亲是个感情的冒险家，轻率地以为婚姻和孩子会让自己安定下来。结果，这段短暂的婚姻只能使他明白，还是单身适合他。于是，有一天，他提着行李，搭上一班飞机，再没有回来。

她的母亲在她四岁那年认识了她的继父，他是另一种冒险家，在非洲野外拍摄危险的野生动物。母亲深深爱上这位勇敢的摄影师，连他那个蛮荒也一并爱上了。她把只有四岁的女儿留给自己的母亲照顾，跟随她的情人奔赴肯尼亚。在那里，这个经过一次婚姻失败的女人，发现非洲大陆才是她向往的天地。

为了补偿某种歉疚，母亲在她七岁那年将她接到肯尼亚去。九岁那年，又把她当作邮包一样扔了回来。

她无法原谅的是：母亲为了后来那一场可怕的意外而无情地把她送走。

她慈爱的外婆再一次接住了这个可怜的小外孙女。

直到外婆过世之后，母亲才从肯尼亚回来一趟。然而，亲情也有等待的期限，等久了，就再也无法修补。她和母亲在葬礼上总共说不上十句话，像两个陌生人似的。

她没有好好喂养自己的孩子，却温柔地喂养一只小犀牛。

她很想告诉徐宏志，这个拥有一双任性的眼睛的女人，正是她母亲。然而，也许还需要一点光阴，她才能够平静地道出这个故事。

6 ⬡

苏明慧的外婆出生于重庆一个大富之家。家道中落又遭逢战乱，外婆逃难到香港的时候，已是孑然一身。

外公早逝，外婆在国内取得的大学学历得不到承认，只能在公立图书馆当一名小职员，靠着微薄的薪水，把独生女养大。到了晚年，还要背起外孙女这个小包袱。

同外婆相依为命的日子，图书馆是苏明慧的家和摇篮。外婆上班的时候把她带在身边，她会乖乖地坐在图书馆里读书和画画。书和画笔是她的玩具，陪着她度过没有父母的童年。

外婆很疼她。晚上回到家里，无论多么疲倦，外婆都会坐在床畔，给她读童话故事。她怎么会料到，许多年后，命运之手竟安排另一个亲爱的人，为她朗读故事？虽然读的不再是童话，却是更动人的故事。

她只是担心，徐宏志花了太多时间为她读书。于是，许多时候，她会说：

"我想听你的医科书！"

他读的时候，她会很努力去理解，时而拿起一面放大镜认真地瞄瞄书里的图片。

那些艰涩的内容，由他口中读出来，竟成了诗韵。人体的各样器官、五脏六腑、复杂的神经，甚至磨人的疾病，都化作一支为灵魂而谱写的歌。

她用以回报这种天籁的，是牢牢记住，别再在他面前提起"盲"这个单音节的字。

7

多年来，她一个人生活，习惯了独立，也很会照顾自己。同徐宏志一起之后，她总希望能够照顾他，为他做点什么。

两个人在便利店再遇的那天，他傻乎乎地说：

"我是那天绊倒你的人。"

　　他并没有把她绊倒。刚好相反，他是扶她起来的那个人。她一向以为自己不需要任何人。即使在知道自己患病之后，她仍然冷静地安排以后的路，为的就是不需要依靠别人。

　　那天，她把所有画具拿去扔掉，回去之后，发现手里沾了油彩。她用松节油使劲地擦掉那些油彩。就在那一刻，她对镜一瞥，吃惊地发现，她像她母亲，同样冷漠无情。

　　我们都遇过这种情况。某人跑来，说：

　　"有一个好消息和一个坏消息，你要先听哪一个？"

　　她会毫不犹豫地选择先听坏消息，不是出于悲观，而是骄傲，同时也是对世情的愤怒。她从来没想过逃避，即使前面是一头发怒的狮子。

　　徐宏志是接着坏消息而来的好消息。

　　医生说，她将会渐渐看不见。然后，他出现了，让她哭笑不得。

　　明日天涯，总有他在身畔。他治好了她的愤世嫉俗。遇上了他，她恍然明白，独立和有一个可以依赖的怀抱之间，并不矛盾。

8 ⬡

我们为什么渴望照顾自己所爱的人？那是爱的延伸，想在对方的生活中留下爱的痕迹。

这一刻，她发现自己在徐宏志的房间里，一边听音乐，一边替他收拾。她把洗好的衣服挂在衣柜里，嗅闻一下刚洗过的衣服上面的、香香的洗衣粉味道。

她把他的袜子一双双卷好，放到抽屉里。一天，她发现他的袜子全是蓝色的，而且都是同一个款式，她觉得不可思议。他笑笑说：

"全都一样，就不用找对另一只。"

她咯咯地笑了，没想到男生是这样的。

她舍不得花钱买衣服，倒是多买了几双袜子。她每一双袜子都不一样，都是有图案的，用最低调的方式来点缀她一身朴素的衣服。她现在倒是有些后悔了，她要把袜子凑近眼睛看，才能找出相同的一双。

他的书架乱七八糟。她把挂在书架旁边的那副骷髅拿下来，放在床上，然后动手整理书架上的书。

过了一会儿，她转过身去，发现一个中年男人站在门口，似乎已经来了一会儿。

她摘下耳机，问：

"请问你找谁？"

"我找徐宏志。"

"他上课去了，你是？"

"我是他爸。"徐文浩说。他朝那张床一瞥，不无震惊地发现，躺在床上的，不是他儿子，而是一副骷髅。

她没想到，这个高大的、有一种冷静而威严的声音的男人，是徐宏志的父亲。她连忙拉了一把椅子给他。

徐文浩在椅子上坐了下来，发现他儿子的房间比他上次来的时候整洁了许多，似乎是有一双手在照顾他。

"伯父，你要喝点什么吗？"她问。

"不用了。"

"他应该快下课了。"她朝他微笑。

他朝书架看了看，问：

"这些书，他都看过了？"

"嗯，他喜欢看书。"她一边收拾一边说。

"我不知道他喜欢福尔摩斯。"他留意到书架上有一套福尔摩斯。

"他喜欢读侦探小说，说是可以训练逻辑思维。他也喜欢描写法医生涯的小说，虽然他并不想当法医。"

"他想修哪一个专科？"

"脑神经外科。"她带笑回答，心里奇怪为什么他不知道。

徐文浩朝这个女孩子看了一眼，他对她有些好奇。许多人都怕他，觉得他高不可攀，连他的儿子都有点怕他。眼前这个女孩子，却把他当作一个普通人看待。现在，他甚至要从她那里才知道儿子将来想要修哪一个专科。多少年了？他和儿子之间，总需要一道桥梁。

他听到脚步声，是他儿子的吧？也许是，也许不是，他不太确定。

"他回来了。"她肯定地说。

果然，过了一会儿，他看到儿子怀里揣着书，神清气爽地爬上楼梯。

徐宏志看到自己的父亲和苏明慧待在一起，不禁吃了一惊。他没那么轻松了，笔直地站在门口，叫了一声爸。

"你找我有事吗？"他问。

"我经过这儿附近，顺便来看看你。"徐文浩说。

沉默了一阵，他问儿子：

"这位是你朋友吧？"

他点了点头，走到她身边，说：

"这是苏明慧。"

徐文浩锐利地瞧了她一眼，说：

"那张画，就是你画的？"

他记起那天来看儿子，在一本画展的场刊上见过她的画。他的记性一向超凡，也遗传给了儿子。

她讶异地朝徐宏志看。

"我爸在画展那本场刊上看过你的画。"他告诉她。

她明白了，朝徐文浩点了点头，回答说：

"是的，伯父。"

"这个周末是我的生日，苏小姐，赏光来吃顿饭吧。"

她转过头去看徐宏志，征求他的同意。

徐文浩已经从椅子上站了起来，像对儿子下一道命令似的，说：

"八点钟，就我们三个人。"

徐宏志无奈地朝父亲点了点头。

"我走了。"徐文浩说。

"爸，我送你出去。"

"不用了，你陪着苏小姐吧。"

徐文浩出去了。徐宏志这才松了一口气。他放下书，在那副骷髅旁边躺下来，头枕在双手上。

"你很怕你爸的吗？你见到他，像见鬼一样。"她朝他促狭地说。

　　"我才不怕他。"他没好气地说。

　　"是吗？"她笑了，说，"你们两个说话很客气。"

　　"他喜欢下命令。"他不以为然地说。

　　"我从来不知道我爸是什么样子的。我两岁后就没见过他。"她说起来甚至不带一点伤感。

　　他却怜惜起来了。我们爱上一个人，希望和她有将来，遗憾的是，我们无法回到过去，修补她的不幸。她从小就没有父亲，他告诉自己，要对她好一点。

　　"你不怕我爸？你真的敢跟他一起吃饭？"他笑着问。

　　她投给他一个天不怕地不怕的眼神，说：

　　"我连狮子老虎都不怕。何况，他是你爸，他又不会吃人。"

　　"他比狮子老虎可怕。"

　　"你不是说，你不怕他的吗？"她瞧了他一眼。

　　"我是不怕。"他揽着那副骷髅，懒洋洋地说。

　　他不怕父亲这个人，他是怕跟这个永远高高在上的人说话。

9

　　隔了一些距离，苏明慧只能看到徐文浩的轮廓。他突然到来，彼此初次见面，她不好意思凑过去看他。然而，因为变成了模糊的五官和轮廓，她能够把这父子俩的身影重叠在一起来看。她发现他们有着几乎一样的轮廓，连声音也相似。唯一的分别是，父亲的声音冷一点，是中年人的声音；儿子的声音年轻温柔一点。

然而，她还是嗅闻得到，父子之间那种互相逃避的味道。儿子回来之前，父亲威严的声音中带着几分关爱，问起她，他儿子将来打算修哪一个专科。儿子回来了，关爱的语气倏忽变成命令，造成了彼此之间的屏障。徐宏志也拒绝主动去冲破这道屏障。在房间里荡漾的，是父子间一场暗暗的角力。

她的童年没有父母在身边。全赖外婆，她的亲情虽然有遗憾，却不致匮乏。她甚至不知道别的家庭是怎样的。认识了徐宏志，他告诉她，他的母亲在飞机意外中死去。她看得出他和母亲的感情很好。丧母之痛，几乎把他打垮了。一天，他朝她感激地说：

"幸好遇上了你。"

原来，连她自己，也是紧接着坏消息而来的好消息。爱情往往隐含在机遇之中，他们何其相似？在人生逆旅中彼此安慰。

他很少谈到他父亲。见到他们父子俩之后，她终于明白了。

她想让她爱的人快乐。一天，她问：

"我能为你做什么？"

他微笑摇头。

她以为自己可以为他做点什么。后来，她羞惭地发现，这种想法是多么骄傲和自大。她不仅没有将他们拉近，反而把他们推远了。

10

周末的那天，天气很好。徐宏志和她在石澳市集逛了一会儿。她带了一份生日礼物给他父亲。那是一尊巴掌大的非洲人头石雕，莉莉去年送给她的。莉莉做的石雕很漂亮，同学们都抢着收藏。这个雕像的表情，既严肃又有几分憨态，令人开怀。徐宏志的父亲会喜欢的。

黄昏的时候，他们离开了市集。他牢牢握住她的手，沿着小径散步到海边。

"到了。"他突然停下来说。

浮现在她面前的，是一座童话中的美丽古堡。蜿蜒的车路两旁，植满了苍翠的大树，在晚霞与海色的衬托下，整幢建筑恍如海市蜃楼，在真实人间升了起来。

"你住在这里？"她吃惊地问。

"我爸住在这里。"他回答说，带她走在花园的步道上。

"你还说你不是公子哥儿？"她瞧了他一眼。

"我当然不是公子哥儿。"他理直气壮地说，"这些东西是我爸的，我有自己的生活。"

"你在这里长大的吗？"她站在花园中央，问他。

他点了点头。

"比不上非洲的平原广大。"她调皮地说。

虽然比不上非洲的平原广大，然而，因为留下了自己所爱的人长大的痕迹，也就不一样了。她朝他看，心里升起了一份欣赏之情。他是那样朴素和踏实，的确不是公子哥儿。

他们走进屋去。用人告诉徐宏志，他父亲被一点公事拖延了，会晚点到。

穿过长长的大理石走廊时，她发现墙上挂着好多张油画。她凑近点去看，这些艺术品件件显示出收藏者非凡的聪明和精致的品味。

"他是一位收藏家。"徐宏志说。

来到客厅，挂在壁炉上面的一张画把她吸引了过去。那是一张现代派田园画。她凑上去看，画里的景物流露出无穷尽的意味。

"这张画很漂亮。"她向往地说，眼里闪耀着喜悦的神采。

放弃画画之后，她已经很少去看画了。这一张画，却震动了她的心弦，是她短短生命中见过的最美丽的一张画。她不无感伤地发现，她离开她的画，已经很远了。

"你也可以再画画的。"徐宏志在她身旁说。

她朝他坚定地摇头。

她决定了的事情，是不会轻易改变的。

"你固执得可怕。"他投给她一个怜爱的微笑。

"我是的。"带着抱歉，她说。

然后，她告诉他：

"能够看到这张画，已经很幸福。它真是了不起，是谁画的？"

"一位未成名的法国画家。"后面有一个声音回答她。

她转过身去，发现徐文浩就站在她后面。

"这张画是这间屋里最便宜的，但是，不出十年，它会成为这里最值钱的一张画。这个人肯定会名满天下。"徐文浩脸上流露出骄傲的神色。

他带着胜利的笑容，赞美自己的眼光，同时也发现，在一屋子的名画之中，这个年轻女孩竟然能够看出这张画的不凡。他不免对她刮目相看。

11 ⬡

这张描绘欧洲某处乡间生活的油画，一下子把三个人拉近了。

徐文浩对苏明慧不无欣赏之情。她那么年轻，看得出并非出身不凡。她见过的绘画作品，肯定比不上他。然而，这个女孩子有一种天生的眼光。

徐宏志很少看到父亲对人这么热情。他意识到，这一次，父亲朝他伸出了一双友善的手。这双手暖暖地搭在他的肩头，告诉他：

"你喜欢的，我就尊重。"

父亲看到那个非洲人头石雕时，也流露出赞赏的神色，那不过是一件学生的作品，他深知，父亲收藏的，全都是世上难求的珍品。他的赞赏，并非因为礼物本身，而是对这份心意的接纳。

父亲这双友善的手感动了他。

12 ⬡

苏明慧惊讶地发现，就在这个晚上，徐宏志和他父亲之间，少了一分角力，多了一分感情。

　　这一刻，他们留在客厅里。这个寂寞的中年男人，放下了平日的拘谨，跟她侃侃而谈，谈到了画家和画，也述说了几桩关于交易的逸事。她由衷地佩服他对艺术品丰富的知识、超凡的品味和热情的追寻。他好像一下子年轻了许多，很想跟他们打成一片。待到他发现，不断地提到自己的收藏品，似乎有点自鸣得意，于是，他换了一个话题，问起她、她家里的状况。

　　"我爸妈在我很小的时候就分开了。我是外婆带大的，她在我十五岁那年过世了。"她回答说。

　　他微微点了点头，又问：

　　"这个暑假，你们有什么计划？"

　　"我会留在学校温习。"徐宏志说。

　　她看见徐文浩脸上掠过一丝失望的神情。他也许希望儿子回到这间空荡荡的大屋来，却无法直接说出口。他们之间还需要一点时间。但是，比起上一次，已经进步多了。

　　"我申请了学校图书馆的暑期工。"她说。

　　"是不是我们家捐出来的那幢图书馆？"徐文浩转过脸去问儿子。

　　徐宏志点了点头，回答说："是的。"

　　她诧异地望着他，没想到学校最大的图书馆——"徐北林纪念图书馆"原来是他们捐的。他从来就没有告诉她。

　　"是爸用祖父的名义捐赠的。"他耸耸肩，抱歉地朝她看，好像表示，他无意隐瞒，只是认为，这些事情跟他无关，他还是他自己。

　　后来，话题又回到绘画上。

　　"你最近画些什么画？"徐文浩问。

　　"我已经不画画了。"她回答道。

　　"为什么？"

　　"我眼睛有问题，不能再画画了。"

　　"你的眼睛有什么问题？"他关切地问。

　　"我会渐渐看不见。"她坦率地说，"我患的是视觉神经发炎，我的视力在下降，也许有一天会完全看不见。"

　　"那天也许永远不会来临。"就在这时，徐宏志牢牢把她的手握住，投给她支持的一瞥。

　　"那很可惜。"徐文浩朝她点了点头，表示理解和明白的样子。

　　然后，他站了起来，说：

　　"来吧，我们去吃饭。"

13 ⬡

　　徐宏志把苏明慧送了回去，才回到自己的房间来。临走之前，他在床畔给她读完了福尔摩斯的《"吸血鬼"之谜》。然后，他把灯关掉，压低声音吓唬她：

　　"我走啦！你自己小心点。"

　　她滑进被窝里，两条手臂伸了出来，没好气地说：

　　"我不怕黑的。"

　　刚才，离开家里的时候，他告诉她：

　　"我爸看来很喜欢你。"

　　"我的确是很可爱的。"她神气地说。

　　他笑了："非洲热情的沙漠融化了南极的一座冰山。"

　　"你看不出他很寂寞吗？"她说。

　　他耸了耸肩。

　　"也许他想念你妈。"停了一下，她说，"我要比你迟死，我先死，你一定受不了。"

　　他笑笑说："你咒我早死？"

　　"男人的寂寞比女人的寂寞可怜啊！这是我外婆说的。我的外曾祖母很年轻就过世了，留下我的外曾祖父，一辈子思念着亡妻。当年在重庆，他俩的爱情故事是很轰轰烈烈的。"

"我爸并没那么爱我妈。"他说。

两年前的一个黄昏，他在这里温习，突然接到母亲打来的一个电话：

"有兴趣陪一个寂寞的中年女人去吃顿饭吗？"母亲在电话那头愉悦地说。

他笑了，挂上电话，换了衣服出去。

母亲就是这样，永远不像母亲。他们倒像是朋友、姊弟、兄妹。她跟父亲压根儿是两个不同的人。

母亲开了家里那辆敞篷车来接他。他还记得，母亲那天穿了一身清爽利落的白衣裤，头上系了一条粉红色的图案丝巾，鼻梁上架着一副圆形墨镜，遮了半张脸。他取笑她看起来像一只大苍蝇。

她紧张地问：

"他们说是今年流行的款式，真有那么难看吗？"

"不过，倒是一只漂亮的大苍蝇。"他说。

母亲风华绝代，不需要什么打扮，已经颠倒众生。

车子朝沙滩驶去。在夕阳懒散的余晖中，他们来到一家露天餐厅。

"我明天要到印度去。"母亲告诉他。

"你去印度干什么？"

"那是我年轻时的梦想啊！那时候，要是我去了加尔各答，也许就没有你。"

母亲生于一个幸福的小康之家。这个美丽善良的女孩子，从小就在天主教会办的学校长大。十七岁那年，她立志要当修女，拯救别人的灵魂。

外公外婆知道了独生女的想法之后，伤心得好多天没跟她说过一句话。母亲心都碎了，她想，她怎么可以在拯救别人的灵魂之前，首先就伤透了父母的灵魂？

一天，外婆跟母亲说：

"这个世界上，有很多人都在疾病的痛苦之中，你为什么不去拯救他们？"

终于，母亲顺从了外婆的意思，进了一所护士学校。但她告诉自己，她会慢慢说服父母让她去当修女的。修女和护士的身份，并不矛盾。总有一天，她要奔向她仁慈的天主。

天主在远，爱情却在近。

几年后的一天，祖母因为胃炎进了医院。当时负责照顾她的，正是刚满二十二岁的母亲。祖母好喜欢这个单纯的女孩子，一心要撮合她和自己的儿子。

那一年，父亲已经三十四岁了。父亲一向眼高于顶。多年来，不少条件很好的女孩子向他送秋波，他都不放在眼里。

祖母为了让他们多见点面，明明已经康复了，还是说身体虚弱，赖在医院不走。出院后，祖母又以答谢母亲的用心照顾为理由，邀请她回家吃饭。

当时，母亲还看不出祖母的心思，父亲倒是看出来了。既出于孝顺，也是被母亲清丽的气质吸引。他开始约会她。

比母亲年长十二岁的父亲，没为爱情改变多少，依然是个爱把心事藏起来的大男人。他对女朋友并不温柔体贴，反而像个司令官，谈情说爱也摆脱不了命令的口吻。

"一年后，我实在受不了他。那时候，我决定去加尔各答的一所教会医院工作，那边也接受了我的申请。出发前几天，我才鼓起勇气告诉你爸。"母亲说。

就在那一刻，她看到这个男人眼里不舍的神情，在他脸上读到了比她以为的要深一些的爱恋。

回去的路上，他静静地朝她说：

"我们结婚吧！"

她本来已经决定要走，就在一瞬间，她动摇了。

发现她没有马上就答应，于是，他说：

"你不嫁给我，不会找到一个比我好的。你的天国不在印度。"

"那天，我以为他说这番话是难得一见的幽默感，原来，他是认真的。他真的觉得自己是最好的。"母亲笑了起来，说，"你爸真的很聪明。我好爱他。我崇拜他，就像一条小毛虫崇拜在天空中飞翔的兀鹰。"

他看得出来，母亲一直很崇拜父亲。她爱父亲，比父亲爱她多。她习惯了听命于父亲，把她无尽的深情奉献给那颗过于冷静的灵魂。

"爸也许是一只孤独的兀鹰，但你绝对不是小毛虫。"他呵呵地笑了。

"幸好，你像你爸，遗传了他的聪明。他常说我笨。"

"妈，你不笨。爸一向骄傲。"他说。

"别这样说你爸。不管怎样，你得尊重他。你爸一直是个很正派的人。他也很疼你。"

"他疼爱我们，就像天主疼爱它的子民一样，是高高在上的施与。"他说。

"他只是不懂得表达他的感情。你祖父也是这样的。他们父子俩在一起时，就像两只并排的兀鹰，各自望着远方的一点，自说自话。"

他灿然地笑了。母亲倒是比父亲有幽默感。

"男人就是有许多障碍。"母亲说，眼里充满了谅解和同情。

夜色降临的时候，露天餐厅周围成百的小灯泡亮了起来，与天际的繁星共辉映。那天晚上，母亲的兴致特别好，谈了很多从前的事。

沉浸在回忆里的女人，好像预感自己不会回来似的。她慈爱地对儿子说：

"每一次，当我看到你，我都庆幸自己没到修道院去。要是我去了，将会是我这辈子最大的损失。"

他没料到，这是母亲留给他的最后一句话。

第二天，母亲提着一口沉重的箱子，带着一张支票，搭上飞往印度的班机，去圆她的青春年少梦。那笔钱是捐给教会医院的。母亲还打算在医院里当一个月的义工。

恶劣天气之下，机师仍然试图在加尔各答的机场降落。结果，飞机冲出跑道，瞬间着火，机上的乘客全部葬身火海。

梦想破碎和坠落了，母亲在她半辈子向往的天国魂断。

那个地方真的是天国吗？

假使她没去，也许永远都是。

鲜活的肉体，化作飞灰回航，伤透了儿子的心。他的生命，星河寂静，再没有亮光闪烁。

悲伤的日子里，他以为父亲跟他一样沉痛。然而，父亲仍旧每天上班去，没掉过一滴眼泪。他甚至责备儿子的脆弱。

他不免恨父亲，恨他多年来把寂寞留给母亲，恨他那种由上而下的爱，也恨他冷漠和自私的灵魂。

直到今天，父亲突然向他伸出一双友善的手。他也看到了父亲的苍苍白发。兀鹰老了。

他爱他的父亲，也许比他自己所想的还要爱得多一些。假如父亲能用平等一点的方式来爱他，他会毫不犹豫地朝那样的爱奔去。

他记起来了，就在母亲离开之后半年。有一天，父亲在家里摔断了一条腿。他说是不小心摔倒的，并且以惊人的意志力，在比医生的预期短很多的日子再次站起来。

父亲真的是不小心摔倒的吗？还是由于思念和悲伤而踏错了脚步？

不掉眼泪的人，难道不是用了另一种形式哭泣？

两年来，他第一次意识到，他误解了父亲。假如他愿意向父亲踏出一步，母亲会很安慰。二十多年前，这个女孩子为了一段爱情而留在尘俗。她不会愿意看见她亲爱的丈夫和儿子，在她离去之后，站在敌对的边缘。

14 ⬡

他是如此渴望回报那双友善的手。几天后，当父亲打电话来，要他回家一趟的时候，他几乎是怀着兴奋的心情奔向那羞怯的父爱。

经过这许多年，他们终于可以坐下来，放下歧见和误解，放下男人的障碍，说些父子之间的平常话。他会告诉父亲他将来的计划。也许，他们会谈到母亲。

父亲在家里的书房等他。书桌上，放着苏明慧送的那个非洲人头石雕。

这又是一个友善的暗示。他心都软了，等待着父亲爱的召唤。

这一刻，父亲坐在皮椅子里，脸上挂着一个罕有的、慈祥的笑容。

"你记得鲁叔叔吧？"父亲倾身向前，问他。

"记得。"他回答说。鲁叔叔是父亲的老同学。

"鲁叔叔的弟弟是美国很有名的眼科医生，一个很了不起的华人。关于那个病，我请教过他。"

"他怎么说？"他急切地问，心里燃起了希望。

"视觉神经发炎，到目前为止，还没有任何药物或手术可以治疗。"

他失望地点了点头。

"你有没有考虑清楚？"父亲突然问。

他诧异地抬起眼睛，说：

"我不明白你的意思。"

"有一天，她会失明。"

"也许不会。"他反驳道。

"你不能否定这个可能。"

"到那一天，我会照顾她。"他笃定地说。

"照顾一个盲人，没你想的那么容易。"

"我会尽力。"他回答说。

"她会阻碍你的前程。"父亲说。

他吃惊地望着父亲，难以相信父亲竟然说出这种话。

"爸，你不了解爱情。"他难过地说。

"但我了解人性。"徐文浩冷冷地说，"有一天，你会抱怨，你会后悔。爱情没你想的那么伟大。"

他沮丧地望着父亲，说：

"你不了解我。你太不了解我。"

"你这是医生泛滥的同情心。"徐文浩不以为然地说。

"爱一个人，并不只是爱她健康的时候，也爱她的不幸。"
他说。

"一个人的不幸并不可爱。"徐文浩淡然地说。

他绝望地看着父亲。母亲用了短暂的一生，也救赎不了这颗无
情的灵魂。他凭什么以为自己可以感化父亲？他未免太天真了。

"我决定了的事，是不会改变的。"他坚定地说。

徐文浩从椅子上站了起来，说：

"你坚持这个决定的话，我不会再支付你的学费和生活费。"

他哑然吃惊地朝他自己的父亲看。他从来也没想过，父亲竟会
使出这种卑鄙的手段。

"我也不需要。我从来就没有稀罕过。"他说。

眼看这番话没有用，徐文浩温和地对儿子说：

"你没吃过苦。"

"我会去克服。"

"别幼稚了！她愿意的话，我可以送她去外国读书，在那里，
盲人会得到更好的照顾。"

"她也不会稀罕的，而且，她还没有盲。"他猛地站起来说。

现在，他们面对面站着，横亘在父亲与儿子之间的，是新的怨
恨和再也无法修补的旧伤痕。

"你会后悔的。"徐文浩骄傲地说。

"只要能够和自己所爱的人在一起，其他一切，都不重要了。"一种坚毅的目光直视他父亲。

"我给你一天时间考虑。"徐文浩生气地说。他已经听够了儿子那些爱的宣言和教训。终有一天，这个天真的孩子会明白，他这样做是为了他好。

"一分钟也不需要考虑。"

那个回答是如此决绝，冒犯了父权的尊严，枉费了父亲的爱。徐文浩的脸一下子气得发白。

然后，儿子说了伤透他心的话。

"她可以不说的。她敬重你，说了，你反而嫌弃她，我为你感到可悲。"

就在那一瞬间，一个响亮的巴掌打在徐宏志脸上。他痛得扭过头去，悲愤的泪水很没出息地湿了眼眶。

15

父亲的那一巴掌，没有动摇他，反而提醒了他，男女之爱并不比骨肉之情大一些，而是自由一些。我们遇上一个乍然相逢的人，可以选择去爱或不爱。亲情却是预先设定的，这种预先设定的血肉之亲，是一本严肃的书，人们只能去阅读它。爱情是一支歌，人们能够用自己的方式唱出来。每一支歌都是不一样的，亲情却总是隐隐地要求着回报和顺从。他不想批评父亲，他也深爱母亲。但是，他对苏明慧的爱是不可以比较的。她是他自己选择的一支歌。这种全然的自由，值得他无悔地追寻。

16 ⬡

这一天，苏明慧要他陪她到一个露天市集去。那是个买卖旧东西的地方，有书、衣服、首饰、家具、音响和电器，都是人家不要的。

她停在一个卖电视的地摊前面，好几十台大大小小的电视放在那里。手臂上有一个老虎狗刺青的老摊贩，坐在一张小圆凳上读报，对来来往往的人摆出一副爱理不理的态度。

"为什么不买新的？"他问。

"旧的便宜很多！这些电视都维修好了，可以再用上几年。"她回答说。

烈日下，她戴着那顶小红帽，在一堆电视中转来转去，终于挑出一台附录像机的小电视。

"这一台要多少钱？"她问摊贩。

那个摊贩懒洋洋地瞧了瞧他俩，发现是两个年轻人，于是狡诈地开了一个很高的价钱。

"这个烂东西也值？"她瞪大眼睛说。

"那么，你开个价吧！"摊贩像泄了气似的。

她说了一个价钱，他摇着头说不可能。他还了一个价钱。她像个行家似的，一开口就把那个价钱减掉一半。

这一刻，徐宏志发现自己尴尬地站在一旁，帮不上忙。他从来没买过旧东西，更不知道买东西原来是可以砍价的。他看着他爱的这个女人。她像一条小鳄鱼似的，毫无惧色地跟一个老江湖砍价，不会骗人，也绝对不让自己受骗。他对她又多了一分欣赏。

母亲从小就不让他成为一个依赖父荫的富家子。她要他明白，他和普通人没有分别。他和同学一起挤公交车上学。他要自己收拾床铺。他穿的都是朴素的衣服。母亲最肯让他花钱的，是买书。他想买多少都行。

直到他上了中学。一天，他带了同学回家吃午饭，煮了一尾新鲜的石斑鱼给他，他平常都吃这个。

那位同学一脸羡慕地说：

"你每天都吃鱼的吗？"

那时他才知道，食物也有阶级。他们是多么富有。

然而，他一直觉得，这一切都不是他的。父亲从祖父手里接过家族的生意。他们家的财富，在父亲手里又滚大了许多倍。但是，这些都与他无关，他有自己的梦想和人生。

他朝他的小鳄鱼看，高兴却又不无伤感地发现：她比他更会生存和挣扎。那么，会不会有一天，她不再需要他？他不敢想象没有她的日子。

17 ⬡

突然，她转过身来，抓住他的手，说：

"我们走！"

他们才走了几步，那个老摊贩在后面叫道：

"好吧！卖给你。"

她好像早已经知道对方会让步，微笑着往回走。

她竟然用了很便宜的价钱买下那台小电视。他不无赞叹地朝她看，她神气地眨眨眼睛。

就在他们想付钱的时候，她发现小圆凳旁边放着一台电视，跟他们想买的那一台差不多。

"这一台要多少钱？"她问。

"这一台不卖的。"摊贩说。

"为什么？"

"质量不好的，我们不卖。"那摊贩骄傲地说。

"有什么问题？"带着寻根究底的好奇心，她问。

"画面有雪花。"

"很严重？"

"不严重，就是有一点雪花。"

她眼珠一转，问：

"那会不会比这一台便宜？"

那摊贩愣了一下，终于笑了出来，说：

"姑娘，一百块钱，你拿去好了，你看来比我还要穷。"

她马上付钱，这一台又比她原本要买的那一台便宜一些。

他们合力扛着那台小电视离开市集。

回宿舍的路上，他问：

"你买电视干吗？"

"回去才告诉你。"她神神秘秘地说，头上的小红帽随着她身体的动作歪到一边。

18 ⬡

"为什么不买好的那一台？"他问。

她朝他笑了笑，说：

"反正对我来说都没分别。我只要听到声音就行了。"

他把电视装上，画面是有一点雪花，但远比想象中好。她将一盘录像带塞进去，那是一套由美国电视摄制队拍摄的野生动物纪录片。荧幕上，一头花豹在旷野上追杀一只大角斑羚。那只受了伤的大角斑羚，带着恐惧和哀凄的眼神没命地逃跑，没跑多远就倒了下去。

"原来你要看这个。"他说。

"我要把英语旁白翻译成中文字幕。这套纪录片会播一年，是莉莉帮我找的。她有朋友在电视台工作。"她说。

"你哪里还有时间？"带着责备和怜惜的口气，他说。

"我应付得来的。我是很幸运才得到这份差事的。没有门路，人家根本不会用我。"她说。

"我和你一起做。"他说。

"你哪有时间？你的功课比我忙。"

"我不会让你一个人做。"他固执地说。

她知道拗不过他，只好答应。

片中那头花豹衔着它的战利品，使劲地甩了甩，似乎要确定口中的猎物已经断气。

"在动物世界里，互相杀戮是很平常的事。为了生存，它们已经尽量做到最好。"她说。

再一次，他不无伤感地发现：在命运面前，她比他强悍。他曾经以为她需要他。他忽地明了，是他更需要她多一些。

她为他分担了学费和生活费，现在，她又忘了自己的眼睛多么劳累，多接了一份兼职。

那个在地摊前面砍价的她，那个淌着汗跟他一起扛着电视穿过市集的女孩，他亏欠她太多了。

<h2 style="text-align:center">19 ◈</h2>

苏明慧从非洲回来之后，每逢假期，外婆会带她到郊外去。有时候，她们也去动物园。外婆可怜这个小外孙女成天困在图书馆里，于是想到要在生活中为她重建一片自由的天地。

她并不喜欢动物园，她不忍心看见那些动物关在笼子里，失去了活着的神采，终其一生要等候别人来喂饲，甚至从不知道在旷野上奔跑的自由。这种自由，是值得为之一死的。

但是，为了不让外婆失望，每次到动物园去，她都装着很兴奋和期待。

有一年，一个俄罗斯马戏团来到这个城市表演。外婆买了票和她一起去看。她们坐在那顶临时搭建的大帐篷里，她看到了驯兽师把自己的脑袋伸进一头无牙的狮子口里。她也看到六头大象跟着音乐踢腿跳舞，赢得了观众的喝彩。

马戏团是个比动物园更悲惨的地方。这些可怜的动物经常被人鞭打，为了讨好人类而做出有如小丑般的把戏。当它们老迈的时候，就会遭到遗弃或被人杀掉。

当生命并非掌握在自己手里，何异于卑微的小丑？

为了外婆，那一次，她装着看得很高兴，还吃了两球冰激凌，结果，回去之后，她整夜拉肚子，仿佛是要把看过的残忍表演从身体里排出去。

然而，人原来是会慢慢适应某种生活的。为了外婆而假装的快乐，渐渐变成真心的。后来，再到动物园去，她脸上总会挂着兴奋的神色。她甚至为每一只动物起了一个名字。她怜爱它们，同情它们。她也感激外婆，为了她最爱的外婆，她要由衷地微笑。

20 ⬡

在她更小的时候，她还没到非洲去，一天，她从楼梯上摔了下来，两个膝盖的皮都磨破了。她痛得蒙上泪花、楚楚可怜的眼睛朝外婆看，心里说：

"扶我起来吧！"

外婆站在那儿，不为所动地盯着她说：

"爬起来，不要哭。"

她咬着牙摇摇晃晃地爬了起来。外婆朝她说：

"现在，笑一下。"

她忘记了那个微笑有多么苦涩。但是，她学会了跌倒之后要尽快带着一个微笑爬起来。她从没见过外婆和母亲掉眼泪。母亲不哭是无情。那外婆呢？外婆要她坚强地活着。

外婆在病榻上弥留的时候，她在床前，很没用地噙着泪水。外婆虚弱地朝她看，像是责备，却更像是不舍。她连忙抹干眼泪，换上一个微笑。直到外婆永远沉睡的那一刻，她再没有哭。

外婆死后，她要一边干活一边读书。她的母亲从非洲寄来一笔钱，她退了回去。她不想用母亲的钱。上了大学，她有助学金和贷款，又有兼职，要养活自己并不困难。她只是没料到会有这个病。

二年级的暑假之后，图书馆继续用她兼职，于是，她辞去了便利店的工作。现在，她为电视台翻译一套动物纪录片。她还瞒着徐宏志，为出版社翻译一些自然生态的书。

医科四年级的功课那么忙，他根本不可能像她一样去兼职。他成绩优异，却不能申请医学院的奖学金。那个奖学金是他父亲以家族教育基金的名义设立的。接受奖学金，就等于接受父亲的资助。他的家境，也太富有，不能去申请助学金了。现在，他每天下课后去替一个学生补习。回来之后，往往要温习到深夜，第二天大清早又要去上课。

他为她牺牲太多了。这种爱，就像野生动物一辈子之中能在旷野上奔跑一回，是值得为之一死的。

21

有时候，她会预感那一天来临，尤其是当她眼睛困倦的时候。

到了那一天，她再也看不见了。

他将是她在这世上看到的最后一抹，也是最绚烂的一抹色彩，永远留驻在她视觉的回忆里。

当约定的时刻一旦降临，我们只能接受那卑微的命运。

然而，那一天，她会带着微笑起来，和他曼舞。

22 ◈

每天下课后，徐宏志要赶去替一个念理科的十六岁男孩补习。这个仍然长着一张孩子脸的男生要应付两年后的大学入学考试。他渴望能上医学院。

男孩勤力乖巧，徐宏志也教得特别用心，经常超时。

男孩跟父母亲和祖母同住。这家人常常留徐宏志吃饭。每一次，他都婉拒了。并不是男孩家里的饭不好吃，相反，男孩的祖母很会做菜。然而，只要想到苏明慧为了省钱，这个时候一定随随便便吃点东西，他也就觉得自己不应该留下来吃饭。

今天，他们又留他吃饭。他婉谢了。今天是他头一次发薪水，他心里焦急着要让苏明慧看看他努力了一个月的成绩。从男孩的祖母手里接过那张支票时，他不免有点惭愧。有生以来，他还是头一次工作赚钱。他从前总认为自己没倚靠家人。这原来是多么幼稚的自欺！

整天忙着上课，没怎么吃过东西。离开男孩家的时候，他饿得肚子贴了背，匆匆搭上一班火车回去。

23 ◇

火车在月台停靠，乘客们一个个下车。就在踏出车厢的一瞬间，他蓦然看到了一个美丽的身影。她戴着耳机，背包抱在怀里，坐在一张长椅上，满怀期待地盯着每一个从车厢里走出来的人。

他伫立在灯火阑珊的月台上，看着这个他深爱的女人。他与她隔了一段距离，她还没发现他，依然紧盯着每个打她身旁匆匆走过的人。

就在这短短的一刻，他发现自己对她的爱比往日更深了一些，直嵌入了骨头里。

火车轧轧地开走了，月台上只剩下他一个人。她终于看到他了。她摘下耳机，兴奋地朝他抬起头来，举起手里的一个纸袋，在空中摇晃。

他朝她走去。她投给他一个小小的、动人心弦的微笑。

他靠着她坐了下来。

"你为什么会在这里？"声音里满溢着幸福和喜悦。

她脸上漾开了一朵玫瑰，说：

"你一定还没吃东西。"

她打开纸袋，摸了一个咸面包给他。他狼吞虎咽地吃了。

她用手背去抚摸他汗湿的脸，又凑上去闻他，在他头发里嗅到一股浓香。

她皱了皱眉，说：

"你吃过饭了？"

他连忙说："他奶奶煮了虾酱鸡，她有留我吃，可我没吃啊！"

看到他那个紧张的样子，她笑了，笑声爽朗天真：

"这么美味的东西，你应该留下来吃。"

"这个面包更好吃。"他一边吃一边说。

她带来了水壶。她把盖子旋开，将水壶递给他。

他喝了一口水，发现自己已经吃了很多，她却还是一小口一小口地吃着第一个面包。

"你为什么吃得这么少？"他问。

"我不饿。"她说。她把最后一个面包也给了他，说："你吃吧。"

"我有东西给你看。"他从口袋里摸出那张折成一个小长方形的支票给她看，兴奋地说：

"我今天发了薪水。"

她笑笑从背包摸出她的那一张支票来，说：

"我也是。"

"我还是头一次自己赚到钱。"他不无自嘲地说。

她笑了："那种感觉很充实吧？"

"就像吃饱了一样充实。"他拍拍肚皮说。

她靠在他身上，眯起眼睛，仰头望着天空，问：

"今天晚上有星吗？太远了。我看不清楚。"

"有许多许多。"他回答说。

/情/人/无/泪/ ◇ 第三章

美丽的寓言

她好怕有一天再不能这样看他了。

到了那天，她只能闭上眼睛回忆他熟睡的样子。

那天也许永远不会来临，他曾经这样说。

他说的是她眼睛看不见的那一天。

在这一时刻，她心里想到的，却是两个那天。

第一个那天，也许会来，也许不会来。

第二个那天，终必来临。

当我们如此倾心地爱着一个人，就会想象他的死亡。

到了那日，他会离她而去。

她宁愿用第一个那天，换第二个那天的永不降临。

1

　　这幢灰灰白白的矮房子在大学附近的小山坡上，徒步就可以上学去。徐宏志和苏明慧租下了二楼的公寓。面积虽然小，又没有房间，但有一个长长的窗台，坐在上面，可以俯瞰山坡下的草木和车站，还可以看到天边的日落和一小段通往大学的路。

　　房东知道徐宏志是学生，租金算便宜了，还留下了家具和电器。然而，每个月的租金，始终是个很大的负担，可他们也没办法。她毕业了，不能再住宿舍。

　　他们怀抱着共同生活的喜悦，把房子粉饰了一番。他用旧木板搭了一排书架，那副骷髅依然挂在书架旁边，就像他们的老朋友似的。听说它生前是个非洲人，也只有这么贫瘠的国家，才会有人把骨头卖出来。

　　恋爱中的人总是相信巧合。是无数的巧合让两个人在茫茫人世间相逢，也是许多微小的巧合让恋人们相信他们是天生一对，心有灵犀，或是早已注定。她对这副非洲人骨，也就添了几分亲厚的感情。她爱把脱下来的小红帽作弄地往它头上挂。

2 ⬡

　　后来的一个巧合，却让她相信，人们所以为的巧合，也许并不是一次偶然。一朵花需要泥土、阳光、空气、雨水和一只脚上沾着花粉的蝴蝶刚好停驻，才会开出。我们所有的不期而遇、不谋而合，我们所有的默契，以及我们相逢的脚步，也许都因为两个人早已经走在相同的轨道上。

　　一天，她在收拾她那几箱搬家后一直没时间整理的旧东西时，发现了一本红色绒布封面、用铁圈圈成的邮票簿。她翻开这本年深日久、早已泛黄的邮票簿，里面每一页都贴满邮票，是她十三岁以前收藏的。

她曾经有一段日子迷上集邮。那时候，她节衣缩食，储下零用钱买邮票。其中有些是她跟同学交换的，有些是外婆送的，也有一些是她在非洲的时候找到的。所有这些邮票，成了她童年生活的一个片段。每一枚邮票，都是一个纪念，一段永不复返的幸福时光。

她想，也许她可以把邮票拿去卖掉。经过这许多年，邮票应该升值了，能换到一点钱。

从大学车站上车，在第七个车站下车。车站旁边有一家邮票店，名叫"小邮筒"。店主是个小个子的中年男人，有一双精明势利的小眼睛，看来是个识货的人。

小眼睛随便翻了翻她那本孩子气的邮票簿，说：

"这些都不值钱。"

她指了指其中几枚邮票，说：

"这些还会升值。"

小眼睛摇了摇他那小而圆的脑袋，说：

"这些不是什么好货色。"

她不服气地指着一枚肯尼亚邮票，邮票上面是一头冷漠健硕的狮子，拥有漂亮的金色鬃毛。

"这一枚是限量的。"她说。

小眼睛把邮票簿还给她，说：

"除了钻石，非洲没什么值钱的东西。"

她知道这一次没有加价的余地了，只好接过那七百块钱，把童年回忆卖掉。但她拿走了那枚肯尼亚邮票。

回去的时候，她为家里添置了一些东西，又给徐宏志买了半打袜子。他的袜子都磨破了。

3 ◇

"我不卖了。"徐宏志把对方手上的邮票簿要回来，假装要离开。

这个小眼睛的邮票商人刚刚翻了翻他带来的邮票簿，看到其中几枚邮票时，眼睛射出了一道贪婪的光芒，马上又收敛起来，生怕这种神色会害自己多付一分钱。最后，这个奸商竟然告诉他，这些邮票不值钱。

看见徐宏志真的要走，小眼睛终于说：

"呃，你开个价吧。"

"一万块。"徐宏志说。

"我顶多给四千块。"

　　"七千块。"徐宏志说。

　　小眼睛索性拿起放在柜台上的一张报纸来看，满不在乎地说：

　　"五千块。你拿去任何地方也卖不到这个价。"

　　他知道这个狡猾的商人压了价，但是，急着卖的东西，从来就不值钱。他把邮票簿留在店里，拿着五千块钱回去。

　　这本邮票簿是他搬家时在一堆旧书里发现的。他几乎忘记它了。他小时候迷上集邮。这些邮票有的是父亲送的，有的是母亲送的，也有长辈知道他集邮而送他的稀有邮票。

　　曾经有人，好像是歌德说："一个收藏家是幸福的。"集邮的那段日子，他每天晚上认真地坐在书桌前面，用镊子夹起一枚枚邮票，在灯下仔细地欣赏那些美丽的图案，就这样消磨了许多幸福的时光。

　　他从来没想到有一天会卖掉它们来换钱。他知道这些邮票不止值一万块，谁叫他需要钱？医科用的书特别贵，搬家也花了一笔钱。

　　他很高兴自己学会了议价，虽然不太成功。

4 ⬡

　　徐宏志回来的时候，她刚好把新买的袜子放进抽屉去。听到门声的时候，她朝他转过身去。

"我有一样东西给你。"他们几乎同时说。

"你先拿出来。"她笑笑说。

他从钱包里掏出那五千块钱，交到她手里。

"你还没发薪水，为什么会有钱？"

"我卖了一些东西。"他双手插在口袋里，耸耸肩膀。

"你卖了什么？"她疑惑地朝他看。

"我把一些邮票卖了。"他腼腆地回答。他从来就没有卖过东西换钱，说出来的时候，不免有点尴尬。

她诧异地朝他看，问：

"你集邮的吗？"

"很久以前的事了，我都几乎忘记了，是在那堆旧书里发现的。"他回答说。

然后，他满怀期待地问：

"你有什么东西给我？"

她笑了，那个笑容有点复杂。

"到底是什么？"他问。

她朝书桌走去，翻开放在上面的一本书，把夹在里面的那枚肯尼亚邮票拿出来，小心翼翼地放在他的掌心里。

他愣住了："你也集邮的吗？"

"很久以前了。我刚拿去卖掉。这一枚，我舍不得卖，我喜欢上面的狮子。"

"为什么从来没听你说集邮？"

"跟你一样，我都几乎忘记了。你卖给谁了，能换这么多钱？"

"就是那家'小邮筒'。"

她掩着嘴巴，不敢相信他们今天差一点就在那儿相遇。

"你也是去那里？"他已经猜到了。

她点了点头。

"他一定压了你的价吧？"他说。

她生气地点点头。

"那个奸商！"他咬牙切齿地说。

"我那些邮票本来就不值钱，卖掉也不可惜。"她说。

他看着手上那枚远方的邮票，它很漂亮，可惜，他已经没有一本邮票簿去收藏了。

"以后别再卖任何东西。"他朝她说。

再一次，她点了点头。

那些卖掉了的邮票是巧合吗？是偶然吗？她宁可相信，那是他俩故事的一部分。他们用儿时的回忆，换到了青春日子里再不可能忘记的另一段回忆。

邮票被压了价，他们却赚得更多。

5 ⬡

  公寓里有一个小小的厨房，他们可以自己做饭，但他们两个都太忙了。为了节省时间，她常常是把所有菜煮成一锅，或是索性在学校里吃。他要应付五年级繁重的功课和毕业考试，又要替学生补习。为了多赚点钱，他把每天补习的时间延长了一个钟头。

  她当上了学校图书馆的助理主任。她喜欢这份工作。馆长是个严厉的中年女人，但是，她似乎对她还算欣赏。其他同学毕业后都往外跑，她反而留下来了。甚至庆幸可以留下。这里的一切都是她熟悉的，又有徐宏志在身边，日子跟从前没有多大分别。

  那套动物纪录片已经播完了。她接了另一套纪录片，也是关于动物的。她还接了一些出版社的翻译稿。

  也许有人会说这种日子有点苦。她深知，将来有一天，她和徐宏志会怀念这种苦而甜的日子，就连他们吃怕了的一品锅，也将成为生命中难以忘怀的美好滋味。那自然需要一点光阴去领会。他们有的是时间。

6 ⬡

搬进公寓的那天，徐宏志靠在窗台上，给她读福尔摩斯的《戴面纱的房客》。他打趣说，这个故事是为了新居入伙而读的。

到了黄叶纷飞的时节，他们已经差不多把所有福尔摩斯的故事读完了。

"明天你想听哪本书？"那天晚上，他问。

"我们不是约定了，读什么书，由你来决定的吗？"

他笑了笑："我只是随便问问，不一定会听你的。"

"你有没有读过柏瑞尔·马卡姆的《夜航西飞》？"她问。

他摇了摇头。

"那是最美丽的飞行文学！连海明威读过之后，都说他自己再也不配做作家了。听说，写《小王子》的圣-埃克苏佩里跟柏瑞尔有过一段情呢！"她说。

她说得他都有点惭愧了，连忙问：

"那本书呢？"

"我的那一本已经找不回来了，不知是被哪个偷书贼借去的，一借不还。"停了一下，她向往地说，"我会去找的。那是非洲大地的故事。"

7 ⬡

他是什么时候爱上非洲的?

假如说爱情是一种乡愁,我们寻觅另一半,寻找的,正是人生漫漫长途的归乡。那么,爱上所爱的人的乡愁,不就是最幸福的双重乡愁吗?

隔天夜晚,他离开医学院大楼,去图书馆接她的时候,老远就看到她坐在台阶上,双手支着头,很疲倦的样子。

他跑过去,问:

"你等了很久吗?"

"没有很久。"她站起来,抖擞精神说。然后,她朝他摇晃手里拿着的一本书。

他已经猜到是《夜航西飞》。

"图书馆有这本书。"她揉了揉眼睛,笑笑说,"我利用职权,无限期借阅,直到你读完为止。"

他背朝着她,弯下身去,吩咐她:

"爬上来!"

她仍然站着,说:

"你累了。"

"爬上来!"他重复一遍。

她趴了上去。就像一只顽皮的狒狒爬到人身上似的，她两条纤长的手臂死死地钩住他的脖子，让他背着回去。

"我重吗？"她问。

他摇摇头，背着她，朝深深的夜色走去。

8

回去的路上，她的头埋在他的肩膀里，说：

"你有没有读过那个故事？大火的时候，一个瞎子背着一个跛子逃生。"

他心头一酸，说："这里没有瞎子，也没有跛子。"

"那是个鼓励人们守望相助的故事。"她继续说。

他把她背得更紧一些，仿佛要永远牢记这个只有浅浅的一握，却压在他心头的重量。

"我改变主意了。我不打算做脑神经外科。"他告诉她。

"为什么？"她诧异地问。

"我想做眼科。"他回答说。

她觉得身子软了，把他背得更牢一些。

"我会治好你的眼睛。"他说。

"嗯！"她使劲地点头。

在绝望的时刻，与某个人一同怀抱着一个渺茫的希望，并竭力让对方相信终有实现的一天。这种痛楚的喜乐，唯有在爱情中才会发生吧？她心里想。

"图书馆的工作太费神了。"他怜惜地说。

"也不是。"她低声说。

她的眼睛累了，很想趴在他身上睡觉。徐宏志说的对，但她不想承认，不想让他担心。

"等我毕业，你想做什么都可以。"他说。

"我想做一条寄生虫。"

"社会的，还是个人的？"

"某个人的。"

"可以。我吃什么，你就吃什么，寄生虫就是这样的。"他挺起胸膛说。

她睡了，无牵无挂地，睡得很深。

9

半夜里，苏明慧从床上醒来，发现徐宏志就躺在她身旁。他睡了，像一个早熟的小孩似的，抿着嘴唇，睡得很认真，怀里抱着那本《夜航西飞》。她轻轻地把书拿走，朝他转过身去，在床头小灯的微光下看他，静静地。

她好怕有一天再不能这样看他了。

到了那天，她只能闭上眼睛回忆他熟睡的样子。

那天也许永远不会来临，他曾经这样说。

他说的是她眼睛看不见的那一天。

在这一时刻，她心里想到的，却是两个那天。

第一个那天，也许会来，也许不会来。

第二个那天，终必来临。

当我们如此倾心地爱着一个人，就会想象他的死亡。

到了那日，他会离她而去。

她宁愿用第一个那天，换第二个那天的永不降临。

她紧紧握着他靠近她的那一只手，另一只手放在他的胸膛上。

10

后来有一天，徐宏志上课去了，她在家里忙着翻译出版社送来的英文稿。她答应了人家，这两天要做好。徐宏志在屋里的时候，她不能做这个工作，怕他发现。图书馆里又没有放大器。她只能等到他睡了或出去了。

这一天，他突然跑了回来。

"教授病了，下午的课取消。"他一边进屋一边说，很高兴有半天时间陪她。

她慌忙把那沓稿子塞进书桌的抽屉里。

"你藏起些什么？"他问。

"没什么。"她装出一副没事的样子，却不知道其中一页译好的稿子掉在脚边。

他走上去，弯下身去拾起那张纸。

"还给我！"她站起来说。

他没理她，转过身去，背冲着她，读了那页稿。

"你还有其他翻译？"带着责备的口气，他转过身来问她。

她没回答。

"你瞒了我多久？"他绷着脸说。

"我只是没有特别告诉你。"

他生气地朝她看：

"你这样会把眼睛弄坏的！"

"我的眼睛并不是因为用得多才坏的！"她回嘴。

然后，她走过去，想要回她的稿子。

"还给我！"她说。

他把稿子藏在身后，直直地望着她。

她气呼呼地瞪着他，说："徐宏志，你听着，我要你还给我！"

他一动不动地站在那儿。她冲到他背后，想把那张纸抢回来。他抓住不肯放手，退后避她。

"你放手！"她想抓住他的手，却不小心一下把他手上那张纸撕成两半。

"呃，对不起。"他道歉。

"你看你做了什么！"她盯着他看。

"你又做了什么！"他气她，也气自己。

"我的事不用你管！"

"那我以后都不管！"他的脸气得发白。

他从来就没有对她这么凶。她的心揪了起来，赌气地跑了出去，留下懊悔的他。

11 ⬡

他四处去找她。一直到天黑，还没有找到。他责备自己用那样的语气跟她说话。她做错了什么？全是他一个人的错。他低估了生活的艰难，以为靠他微薄的收入就可以过这种日子。他终于明白她为什么总是比他晚睡，也终于知道她有一部分钱是怎样来的。他凭什么竟对她发这么大的脾气？

她不会原谅他了。

12 ⬡

带着沮丧与挫败，他回到家里，发现她在厨房。

听到他回家的声音，她朝他转过身来。她身上系着围裙，忙着做饭。带着歉意的微笑，她说：

"我买了鱼片、青菜、鸡蛋和粉丝，今天晚上又要吃一品锅了！"

她这样说，好像自己是个不称职的主妇似的。

他惭愧地朝她看，很庆幸可以再见到她，在这里，在他们两个人的家里。

13 ⬡

第二天早上，她睁开惺忪睡眼醒来的时候，徐宏志已经出去了。他前一天说，今天大清早要上病房去。

　　她走下床，伸了个懒腰，朝书桌走去，发现一沓厚厚的稿子躺在那里。她拿起来看，是徐宏志的笔迹。

　　她昨天塞进抽屉里的稿子，他全都帮她翻译好了，悄悄地整齐地在她醒来之前就放在书桌上。

　　他昨天晚上一定没有睡。

　　她用手擦了擦湿润的鼻子，坐在晨光中，细细地读他的稿。

14 ◇

　　昨天，她跑出去之后，走到车站，搭上一列刚停站的火车。

　　当火车往前走，她朝山坡上看去，看到他们那幢灰白色的公寓渐渐落在后头。

　　她自由了，他也自由了。她再承受不起这样的爱。

　　到了第七个车站，她毫无意识地下了车。

　　她走出车站，经过那家邮票店。店外面放着一个红色小邮筒招徕顾客。店的对面，立着一个真的红色邮筒。她靠在邮筒旁边坐了下来。

　　要多少个巧合，他们会在同一天带着儿时的邮票簿来到这里？

要多少次偶然，他们会相逢？

15 ⬡

就在前一天夜里，他们坐在窗台上，徐宏志为她读《夜航西飞》。她一直想告诉他那个和生命赛跑的寓言。

在英属东非的农庄长大的柏瑞尔，那个自由的柏瑞尔，有一位当地的南迪人玩伴，名叫吉比。她在书里写下了吉比说的故事。

徐宏志悠悠地读出来：

"'事情是这样的。'吉比说。

"'第一个人被创造出来的时候，他自己一个人在森林里、平原上游荡。他忧心忡忡，因为他无法记得昨日，因此也无法想象明天。神明看见这种情况，于是派变色龙传送信息给这第一个人（他是一名南迪人），说不会有死亡这种东西，明天就如同今天，日子永远不会结束。'

"'变色龙出发很久后，'吉比说，'神明又派白鹭传达另一个不同的信息，说会有个叫死亡的东西，当时辰一到，明天就不会再来临。''哪个信息先传送到人类的耳朵，'上帝警告，'就是

真实的信息。'

　　"'这个变色龙是个懒惰的动物。除了食物之外什么也不想，只动用它的舌头来取得食物。它一路上磨蹭许久，结果它只比白鹭早一点抵达第一个人的脚边。'

　　"'变色龙想开口说话，却说不出口。白鹭不久后也来了。变色龙因为急于传达它的永生信息，结果变得结结巴巴，只会愚蠢地变颜色。于是，白鹭心平气和地传达了死亡信息。'

　　"'从此以后，'吉比说，'所有的人都必须死亡。我们的族人知道这个事实。'

　　"当时，天真的我还不断思考这个寓言的真实性。

　　"多年来，我读过也听过更多学术文章讨论类似的话题：只是神明变成未知数，变色龙成为 X，白鹭成为 Y，生命不断继续，直到死亡前来阻挡。所有的问题其实都一样，只是符号不同。

　　"变色龙仍然是个快乐而懒散的家伙，白鹭依旧是只漂亮的鸟。虽然世上还有更好的答案，不管怎样，现在的我还是比较喜欢吉比的答案。"

　　"变色龙没有那么差劲。"她告诉徐宏志，"我在肯尼亚的时候养过一条变色龙，名叫阿法特。它就像一枚情绪戒指，身上的颜色会随着情绪而变化。那不是保护色，是它们的心情。"

"那只是个寓言。"他以医科生的科学头脑说。

她喜欢寓言。

她宁愿相信生命会凋零腐朽，不可避免地迈向死亡，还是宁愿相信是一只美丽的白鹭衔住死亡的信息划过长空，翩然而至？

外婆离去的那天，她相信，是有一双翅膀把外婆接走的。

16 ◇

寓言是美丽的。眼前的红邮筒和小邮筒是个寓言。一天，徐宏志衔着爱的信息朝她飞来，给她投下了那封信，信上提到的《牧羊少年奇幻之旅》，就是一个寓言。

寓言是自由的，可以解作 X，也可以解作 Y。

她从小酷爱自由。不知道是遗传自坚强独立的外婆，还是遗传自远走高飞的父母。那是一种生活的锻炼。她自由惯了。

她从自由来。认识了徐宏志，她只有更自由。

在短暂的一生中拥有永恒，就是自由。

天已经暗了，再不回去，徐宏志会担心的。

他一定饿了。

17 ◈

是个寒冷的冬夜。从早到晚只吃过一片三明治，徐宏志饿坏了。毕业后，当上实习医生这大半年，每天负责帮病人抽血、打点滴、开药单、写报告，还要跟其他实习医生轮班，每天只有几个小时休息，他站着都能睡觉。上个月在内科病房实习时，一个病人刚刚过世，尸体被送到太平间去。人刚走，他就在那张床上睡着了。

实习医生一年里要在四个不同科的病房实习，他已经在外科和内科病房待过，两个星期前刚转到小儿科病房。今天，他要值班，又是一个漫长的夜晚。

写完所有报告，他看了看手表，快九点了，他匆匆脱下身上的白袍，奔跑回宿舍去。

18 ◈

他们这些实习医生都被分配到医院旁边的宿舍。接到病房打来的紧急电话，就能在最短时间内以短跑好手的速度跑回去。

要是那天比较幸运的话，他也许可以在宿舍里睡上几个小时。他已经练就了一种本领：随时能够睡着，也随时能够醒来。

　　不用当值的日子，不管多么累，他都宁愿开车回家去。他买了一辆红色小轿车，是超过十年的老爷车了，医院的一个同事让出来的，很便宜。有了这辆车，放假的时候，他和苏明慧就可以开车去玩。她不用常常困在图书馆和家里。

　　她已经不再做翻译的工作了。他拿的一份薪水虽然不高，加上她的那一份，也足够让两个人过一些比以前好的生活。

　　他们换了一幢有两个房间的公寓，就在他们以前租的那幢公寓附近。他在教学医院里实习，回家也很近。

　　他们担心的事情并没有发生，也许正如他所想，那天永远不会降临。

19 ⬡

　　苏明慧靠在宿舍二楼的栏杆上等他。她一只手拿着一篮自己做的便当，另一只手提着一壶热汤，身上穿着一件米白色套头羊毛衣、棕色裤裙、棕色袜子和一双绿色运动鞋，头上戴着一顶紫红色的羊毛便帽，头发比起一年前长了许多。

　　看到他，她的眼睛迎了上去，口里呼出一口冷雾，说：

　　"吃饭啦！"

"你为什么不进去？这里很冷的！"他一边开门一边说。

她哆哆嗦嗦地蹿进屋里去，说：

"我想看着你回来。"

"今天吃些什么？"他馋嘴地问。

"恐怕太丰富了！"她边说边把饭菜拿出来，摊开在桌子上，有冬菇云腿蒸鸡、霉干菜蒸鱼、炒大白菜和红萝卜玉米汤，还有一个苹果。

她帮他舀了饭，他狼吞虎咽地吃了起来。当一个人饿成那个样子，就顾不得吃相了。

她把帽子摘下来，微笑问：

"好吃吗？"

他带着赞赏的目光点头，说：

"你做的菜愈来愈好！"

"累吗？"

"累死了，我现在吃饭都能睡着。"他朝她说。

看到他那个疲倦的样子，她既心痛，却也羡慕。他能做自己喜欢的工作。拿了优异成绩毕业的他，将来会做得更多和更好。而她，只能做一些简单的工作。

"你也来吃一点吧。"他说。

"我吃过了。"她回答说。

"我是不是有一套日本推理小说在家里？"他问。

"好像是的。你有用吗？"

"我想借给一个病人，他的身世很可怜。"他说。

20 ⬡

那个病人是个十三岁的男孩子。自小患有哮喘病的他，哮喘常常发作。男孩个子瘦小，一张俊脸有着与年龄不符的沧桑，那双不信任别人的眼睛带着几分反叛，又带着几分自卑。护士说，他父母是一个小偷集团的首领。

徐宏志翻查了男孩的病历。他这十三年来的病历，多得可以装满几个箱子。

男孩的右手手背上有一块面积很大的、凹凸不平的伤疤，是七岁那年被他父亲用火烧伤的。这个无耻的父亲因虐儿罪坐牢。出狱后，夫妇俩依旧当小偷，直到几年之后又被捕。前两年，这两个人出狱后再没有回家。男孩被送去男童院，除了社工，从来没有其他人来医院看他。

男孩的病历也显示他曾经有好几次骨折。男孩说是自己不小心摔倒的。徐宏志以他福尔摩斯的侦探头脑推断，那是被父母虐打的。至于后来的几次骨折，应该是在男童院里被其他孩子打伤的。

在这种环境下长大的小孩，会变成什么样子？男孩难得开口说话，即使肯说话，也口不对心。他很想把自己孤立起来，似乎是不需要别人，更有可能是害怕被别人拒绝。

徐宏志第一次在病房和男孩交手时，并不顺利。

那天，他要帮男孩抽血。

男孩带着敌意的眼神，奚落地说：

"你是实习医生吧？你们这些实习医生全都不行的！你别弄痛我！"

他话还没说完，徐宏志已经利落地在他手臂上找到一根静脉，一针刺了下去，一点都不痛。

男孩一时语塞，泄气地朝他看。

以后的几天，徐宏志帮他打针时，明明没弄痛他，男孩偏偏大呼小叫，说是痛死了，弄得徐宏志很尴尬。那一刻，男孩就会得意地笑。

有时候，男孩盯着徐宏志的那种眼神，让徐宏志感觉到，那是一个未成年男生对一个成年男性的妒恨。那种妒恨源自妒忌的一方自觉无法马上长大，同时也是不幸的那一个。

妒忌和仇恨淹没了一个无法选择自己命运的男孩。

徐宏志并没有躲开他，也没讨厌他，这反而让男孩觉得奇怪。

21 ◈

他们成为朋友，始于那个晚上。

那天，徐宏志要值班。半夜，他看完了一个刚刚送上来的病人，正要回宿舍。经过男孩的病房时，他看到一点光线。他悄悄走进去，发现男孩趴在床上，靠着手电筒的微光读书，读得津津有味。男孩埋头读的那本书，是赤川次郎的《小偷也要立大志》。

假使人生有所谓黑色喜剧，此刻发生在男孩身上的，就是一出黑色喜剧。他不能取笑男孩读这本书，这件事本身并不好笑。但是，男孩选择了这本书，实在让旁观的人哭笑不得。

"原来你喜欢赤川次郎。"徐宏志说。

男孩吓了一跳，马上换上一张冷面孔，一边看一边不屑地说：

"谁说我喜欢？我无聊罢了！写得很差劲。"

"我觉得他很有幽默感。"

男孩眼睛没看他，说："肤浅！"

"这本书好像不是你的。"他说。他记得这本书今天早上放在邻床那个十一岁的男孩床上。那个圆脸孔的男孩这时候睡得很熟。

　　"我拿来看看罢了！你以为我会去偷吗？"男孩的语气既不满也很提防，又说，"我才不会买这种书。"

　　"原来你不喜欢读推理小说，那真可惜！"徐宏志说。

　　"可惜什么？"男孩好奇地问，脸上流露难得一见的童真。

　　"我有一套日本推理小说，可以借给你。不过，既然你没兴趣……"

　　"你为什么要借给我？"男孩狐疑地问。

　　"当然是有条件的。"

　　"什么条件？"

　　"以后我帮你打针，你别再捣蛋。"

　　男孩想了想，说：

　　"好吧！我喜欢公平交易，但你的技术真的要改善一下，别再弄痛我。"

　　徐宏志笑了。他希望男孩能爱上读书。书，可以慰藉一个人的灵魂。

22

　　男孩果然迷上那套推理小说，这些悬疑的小故事是他们友谊的象征。每次徐宏志去看他的时候，男孩依然是口不对心，依然爱挖苦他，却是怀着一种能够跟一个成年男性打交道的骄傲。

后来有一天，他去看男孩的时候，发现病房里的气氛有点不寻常。

圆脸男孩的手表不见了，护士自然会怀疑这个小偷的儿子。她们搜他的东西。为了公平起见，她们也搜其他人的东西，但只是随便搜搜。男孩站在床边，样子愤怒又委屈，眼睛并未朝徐宏志看，仿佛是不想徐宏志看到他的耻辱。

徐宏志想起圆脸男孩这两天都拉肚子，于是问护士："你们搜过洗手间没有？"

结果，他在圆脸男孩用过的马桶后面，找到那块价值几百块钱的塑料手表。

被人冤枉了的男孩，依然没看徐宏志一眼。他太知道了，因为自己是小偷的儿子，所以大家都认为手表是他偷的。这个留在他身上的印记，就像他手背上的伤疤，是永不会磨灭的。

23 ⬡

"他手背的那个伤疤，不是普通的虐儿。"回到家里，徐宏志告诉苏明慧。

"那是什么？"她问。

他一边在书架上找书，一边说：

"可能是他爸要训练他当小偷，他不肯，他就用火烧他的手。"

"这个分析很有道理呢！华生医生。"她笑笑说。

"找到了！"他说。

他在书架上找到一套手冢治虫的《怪医秦博士》，兴奋地说：

"你猜他会喜欢这套漫画吗？"

"应该会的。"她回答说。

他拿了一条毛巾抹走书上的尘埃。她微笑朝他看。她爱上这个男人，也敬重他对人的悲悯。他是那么善良，总是带着同情，怀抱别人的不幸。

是谁说的？你爱的那个人，只要对你一个人好就够了，即使他是个魔鬼。她从来不曾这样相信。假使一个男人只关爱他身边的女人，而漠视别人的痛苦，那么，他真正爱的，只有他自己。一天，当他不爱她时，他也会变得绝情。

她由衷地欣赏这个她深深爱着的男人，为他感到骄傲。因为这种悲悯，使他在过去、现在和将来，都比她高尚。她自问对动物的爱超过她对人类的爱。她从来就是一个孤芳自赏的人，比他自我很多。

她只是担心，他的悲悯，有一天会害苦自己。

24 ◇

他把《怪医秦博士》送给男孩。男孩把那套日本推理小说从枕头后面摸出来，想要还给他。

"你喜欢的话，可以留着。"他说。

"不用还？"男孩疑惑地问。

"送给你好了。"

男孩耸耸肩，尽量不表现出高兴的样子。

"将来，你还可以读福尔摩斯和阿加莎·克里斯蒂。他们的侦探小说才精彩！"徐宏志说。

"谁是阿加莎·克里斯蒂？"

"她是举世公认的侦探小说女王！不过，你得要再读点书，才读得懂他们的小说。"

男孩露出很有兴趣的样子。

"读了的书，没有人可以从你身上拿走，永远是属于你的。"徐宏志语重心长地说。

男孩出院前，他又买了一套赤川次郎的小说给他。他买的是"三色猫"系列，没买"小偷"系列。

男孩眉飞色舞地捧着那套书，说：

　　"那个手冢治虫很棒！"

　　"他未成为漫画家之前是一位医生。"徐宏志说。

　　"做医生不难！我也会做手术！"男孩骄傲又稚气地说。

　　徐宏志忍着不笑，鼓励他：

　　"真的不难，但你首先要努力读书。"

　　徐宏志转身去看其他病人时，男孩突然叫住他，说：

　　"还给你！"

　　徐宏志接住男孩抛过来的一支钢笔，才发现自己口袋里的那支钢笔不知什么时候不见了。

　　"这支钢笔是便宜货，医生，你一定很穷。"男孩老气横秋地说。

　　徐宏志笑了，把钢笔放回衬衣的口袋里去。

　　隔天，徐宏志再到病房去的时候，发现男孩那张床上躺着另一个孩子。护士说，男孩的父母前一天突然出现，把男孩接走了。

　　他不知道男孩回到那个可怕的家庭之后会发生什么事。他唯一能够确定的是，男孩带走了所有的书。那些书也许会改变他，为他打开一扇窗。

　　然而，直到他离开小儿科病房，也没能再见到男孩。

25 ⬡

实习生涯的最后一段日子，徐宏志在产科。产妇是随时会临盆的，也不知道为什么，大部分产妇都会在夜间生孩子，这里的工作也就比小儿科病房忙乱许多。

他的一位同学，第一次看到一个血淋淋的婴儿从母亲两腿之间钻出来时，当场昏了过去，成为产房里的笑话。大家也没取笑他多久，反正他并不是第一个在产房昏倒的实习医生。

徐宏志的第一次，被那个抓狂的产妇死命扯住领带，弄得他十分狼狈。几分钟后，他手上接住这个女人刚刚生下来的一个女娃。她软绵绵的鼻孔吮吸着人间第一口空气。他把脐带切断，将她抱在怀里。这个生命是那么小，身上沾满了母亲的血和羊水，黏糊糊的，一不留神就会从他手上滑出去。她的哭声却几乎把他的耳膜震裂。

等她用尽全身气力哭完了，便紧抿着小嘴睡去。外面的世界再怎么吵，也吵不醒她。老护士说，夜间出生的婴儿，上帝欠了他们一场酣眠，终其一生，这些孩子都会很渴睡。

他看着这团小东西，想起他为苏明慧读的《夜航西飞》，里面有一段母马生孩子的故事。等候小马出生的漫长时光中，柏瑞尔·马卡姆说：诞生是最平凡不过的事情；当你翻阅这一页时，就有一百万个生命诞生或死亡。

苏明慧告诉他，在肯尼亚的时候，她见过一匹斑马生孩子。那时她太小，印象已然模糊，只记得那匹母马侧身平躺在地上，痛苦地抽搐。过了一会儿，一匹闪闪发亮的小斑马从母亲的子宫里爬出来，小小的蹄子试图站起来，跟跟跄跄跌倒，又挣扎着站起来。

"就像个小婴儿似的，不过，它是穿着囚衣出生的。"她笑笑说。

人们常常会问一个问题：我们从何处来？将往何处去？

今夜，就在他双手还沾着母亲和孩子的血的短短瞬间，他发现自己想念着苏明慧，想念她说的非洲故事，也想念着早上睁开惺忪睡眼醒来，傻气而美丽的她。

26

他用肥皂把双手洗干净，脱下身上接生用的白色围裙，奔跑到停车场去。他上了车，带着对她的想念，穿过微茫的夜色。

公寓里亮着一盏小灯，苏明慧抱着膝头，坐在窗台上，戴着耳机听歌。看见他突然跑了回来，她惊讶地问：

"你今天不是要当值吗？"

他朝她微笑，动人心弦地说：

"我回来看看你，待会儿再回去。"

她望着他，投给他一个感动的微笑。

他走过去，坐到窗台上，把她头上的耳机摘下来，让她靠在他胸怀里。

她嗅闻着他的手指，甜甜地说：

"很香的肥皂味。"

我们何必苦恼自己从何而来，又将往何处去？就在这一刻，他了然明白，我们的天堂就在眼前，有爱人的细语呢喃轻抚。

最近有一次，她又勾起了他的想念。

前几天晚上，他要当值，她一如既往地送饭来。

她坐在床边的一把扶手椅里。他无意中发现她脚上的袜子是不同色的：一只红色，一只黑色。

"你穿错袜子了。"他说。

她连忙低下头看了看自己的袜子，朝他抬起头来，说：

"这是新款。"

然后，她微笑说：

"我出来的时候太匆忙。"

这一夜，她做了一盘可口的意大利蘑菇饭。

"我下一次会做西班牙海鲜饭。"她说。

"你有想过再画画吗？"

"我已经不可能画画，你也知道的。"

"画是用心眼画的。"

"我画画，谁来做饭给你吃？"她笑笑说。

"我喜欢吃你做的菜。但是，现在这样太委屈你了。你也有自己的梦想。"

她没说话，低了低头，看着自己的袜子，问：

"你有没有找过你爸？"

他沉默地摇了摇头。

"别因为我而生他的气，他也有他的道理。难道你一辈子也不回家吗？"她朝他抬起头来，说。

"别提他了。"他说。

"那么，你也不要再提画画的事。"她身子往后靠，笑笑说。

她回去之后，他一直想着她脚上那双袜子。

27 ⬡

第二天晚上，他下班后回到家里倒头大睡。半夜醒来，发现她不见了。

他走出房间，看见她身上穿着睡衣，在漆黑的客厅里摸着墙壁和书架走，又摸了摸其他东西，然后慢慢地摸到椅子上坐下来。

"你干什么？"他僵呆在那儿，吃惊地问。

"你醒来了？"她的眼睛朝向他，说，"我睡不着，看看如果看不见的话，可不可以找到这把椅子。"

他大大松了一口气，拧亮了灯，说：

"别玩这种游戏。"

"我是不是把你吓坏了？"她睁着那双慧黠的眼睛，抱歉地望着他。

他发现自己无法回答这个问题。

"对不起。"她说。

一阵沉默在房子里飘荡。她抬起头，那双困倦的眸子朝他看，谅解地说：

"到了那一天，你会比我更难以接受。"

他难过地朝她看，不免责怪自己的软弱惊惶。

28 ⬡

今夜，星星微茫。他坐在窗台上，抱着她，耳边有音乐萦回。他告诉她，他刚刚接生了一个重两公斤半的女娃。第一次接生，他有点手忙脚乱，被那个产妇弄得很狼狈。他又说，初生的婴儿并不好看，皱巴巴的，像个老人。

这团小生命会渐渐长大，皱纹消失了。直到一天，她又变回一个老人。此生何其短暂？他为何要惧怕黑暗的指爪？他心中有一方天地，永为她明亮。

29 ⬡

那天半夜，她睡不着。徐宏志刚刚熬完了通宵，她不想吵醒他，蹑手蹑脚地下了床。

她走出客厅，用手去摸开关。摸着摸着，她突然发现自己只能看见窗外微弱的光线。要是连这点微弱的光线都看不见，她还能够找到家里的东西吗？于是，她闭上眼睛，在无边的黑暗中摸着墙壁走。没想到他醒来了，惊惧地看着她。

她好害怕到了那一天，他会太难过。

在实习生涯里，他见过了死亡，也终于见到了生命的降临。她很小的时候，就已经跟死亡擦身而过。

九岁那年，她跟母亲和继父住在肯尼亚。她和继父相处愉快。他说话不多，是个好人。她初到非洲丛林，就爱上了那个地方。她成了个野孩子，什么动物都不怕，包括狮子。

母亲和继父时常提醒她，不要接近狮子，即使是驯养的狮子，也是不可靠的。他们住的房子附近有一个农庄，农庄的主人养了一头狮子。那头名叫莱诺的狮子被拴在笼子里。它有黄褐色的背毛和漂亮的黑色鬃毛，步履优雅，冷漠又骄傲。

那是一头非常美丽的狮子，正值壮年。她没理会母亲和继父的忠告，时常走去农庄看它，用画笔在画纸上画下它的模样。

莱诺从不对她咆哮。在摸过了大象、斑豹和蟒蛇之后，她以为狮子也能做朋友。一天，她又去看莱诺。

她站在笼子外面。莱诺在笼子里自在地徘徊。然后，它走近笼子，那双渴念的眼睛盯着她看。她以为那是友谊的信号，于是回盯着它，并在笼子外面快乐地跳起舞来。

突然，她听到一阵震耳的咆哮，莱诺用牙齿狠狠撕裂那个生锈的笼子，冲着她扑出来。她只记得双脚发颤，身体压在它的爪子下面。它那骇人的颚垂肉流着口水，她紧闭着眼睛，无力地躺着。那是她短短生命里最漫长的一刻。

然后，她听到了继父的吼叫声。

莱诺丢下了她，朝继父扑去。接着，她听到一声轰然的枪声。莱诺倒了下去，继父血淋淋地躺在地上，手里握着一支长枪。她身上也流着血。

　　继父的大腿被撕掉了一块肉，差点没命。她只是被抓伤了。莱诺吞了两颗子弹，死在继父的猎枪下。

　　不久，她的母亲决定将她送走。

　　她乞求母亲让她留下，母亲断然拒绝了。

　　她知道，母亲是因为她几乎害死继父而把她赶走的。母亲爱继父胜过爱自己的孩子。

　　她恨恨地带着行李独个儿搭上飞机，知道自己再回不去了。

　　直到许多年后，外婆告诉她：

　　"你妈把你送回来，是因为害怕。她害怕自己软弱，害怕要成天担心你，害怕你会再受伤。"

　　"她这样说？"带着一丝希望，她问。

　　"她是我女儿，我了解她。你像她，都喜欢逞强。"外婆说。

　　"我并不像她。我才不会丢下自己的孩子不顾。"她冷冷地说。

　　许多年了，被莱诺袭击的恐惧早已经平复，她甚至想念莱诺，把它画在一张张画布上。被自己母亲丢弃的感觉，仍然刺痛着她。

　　是徐宏志治好了她童年的创伤。

　　他让她相信，有一个怀抱，永远为她打开。

30 ◈

送饭去宿舍的那天，徐宏志发现她穿错了袜子，一只红色，一只黑色。

她明明看见自己是穿上了一双红色袜子出去的。

为了不让他担心，她故作轻松地说：

"这是新款。"

后来才承认是穿错了。

谁叫她总喜欢买花袜子？

近来，她得用放大镜去分辨每一双袜子。

那天早上，她起来上班，匆匆忙忙拉开抽屉找袜子。她惊讶地发现，她的袜子全都一双一双卷好了，红色跟红色的一块儿，黑色跟黑色的一块儿。她再也不会穿错袜子了。

她跌坐在地上，久久地望着那些袜子。是谁用一双温暖的手把袜子配成一对，那双手也永远不会丢弃她。

她以后会把一双袜子绑在一起拿去洗，那么，一双袜子永远是一双。

/情/人/无/泪/  第四章

一夜
的
谎言

他们初遇的那天，大学里的牵牛花开得翻腾灿烂。

紫红色的花海一浪接一浪，像滚滚红尘，

是他们的故事。

她没料到，

今夜，在黑暗的堤岸上，牵牛花再一次开遍。

她知道，

这是一场告别。

1 ◇

　　醒来绝对是一件值得高兴的事。每天醒来的时候，发现自己还能看见，苏明慧不禁心存感激。

　　一天，她醒来，徐宏志已经上班了。洗脸的时候，她在浴室的半身镜子里瞧着自己，就像一个有千度近视的人，眼镜却弄丢了。她看到的，是一张有如蒸馏过的脸，熟悉却愈来愈模糊。

　　最近有一次，她在图书馆里摔了一跤。那天，她捧着一摞刚送来的画册，走在六楼的书架与书架之间。不知是谁把一辆推车放在走道上，她没看见，连人带书摔倒在地上。她连忙挂着一个从容的微笑爬起来，若无其事地拾起地上的画册。

回家之后，她发现左大腿瘀青了一片。那两个星期，她很小心地没让徐宏志看到那个伤痕。

有时她会想，为什么跌倒的时候，她手里捧着的偏偏是一套欧洲现代画的画册？是暗示，还是嘲讽？

是谁说她不可以再画画的？是命运，还是她自己的固执和倔强？

图书馆的工作把她的眼睛累坏了。一次，她把书的编码弄错了。图书馆馆长是个严格但好心肠的女人。

"我担心你的眼睛。"馆长说。

"我应付得来的。"她回答说。

她得付出比从前多一倍的努力，做好的编码，重复地检查，确定自己没有错。

她从小就生活在两极：四面高墙包围着的图书馆和广阔无垠的非洲旷野。眼下，她生活在光明与黑暗的交界。那黑暗如同滔滔江河，她不知道哪天会不小心掉下去，被河水淹没。

那天，徐宏志下班回来，神采飞扬地向她宣布：

"眼科录取了我！"

他熬过了实习医生的艰苦岁月。现在，只要他累积足够的临床经验，通过几年后的专业考试，就会如愿以偿，成为一位眼科医生。

她跳到他身上，死死地钩住他的脖子，明白自己要更奋勇地和时间赛跑。只要一天她还能看见，他就能满怀希望地为她而努力。

2

无数个夜晚，她在床头小灯的微光下，细细地看着熟睡如婴孩的他，有时也用鼻子去哄他。直到她觉得困了，不舍地合上眼睛，沉沉地睡去。

第二天，当她张开眼睛，发现自己醒在光明这边的堤岸上，她内心都有一种新的激动。

是渺茫的希望鼓舞了她，还是身边的挚爱深情再一次悄悄地把她从黑暗之河拉了上来？

行将失去的东西，都有难以言喻的美。

3

他们搬了家。新的公寓比旧的大了许多，他们拥有自己的家具，随心所欲地布置。这幢十二层楼高的房子，位处宁静和繁喧的交界。楼下是一条安静的小街，拐一个弯，就是一条繁忙的大马路。

他们住在十楼，公寓里有一排宽阔的窗子，夜里可以看到远处闹市，成了迷蒙一片的霓虹灯。早上醒来，映入眼帘的是一片晴空。

附近的商店，也好像是为她准备的。出门往左走，是一家咖啡店，卖的是巴西咖啡，老远就闻到飘来的咖啡香。咖啡店旁边，是一家精致的德国面包店，有她最爱吃的德国核桃麦包。每天面包出炉的时候，面包的甜香会把人诱拐进去。

面包店隔壁是一家花店，店主是个年轻女孩，挑的花很漂亮。花店旁边是唱片店，唱片店比邻是一家英文书店，用上胡桃木的装潢，简约而有品位。书店隔壁，是一家花草茶店，卖的是德国花草茶。

光用鼻子和耳朵，她就能分辨出这些店。咖啡香、面包香、书香、花香、茶香，还有音乐，成了路牌，也成了她每天的生活。有时候，她会在咖啡店待上半天，戴着耳机，静静地听音乐。

徐宏志这阵子为她读的，是米兰·昆德拉的《生活在别处》。更好的生活，是否永远不在眼前，而在他方？她却相信，美好的东西，就在眼前这一方天地。

有时候，她会要求徐宏志为她读食谱。她爱上了烹饪，买了许多漂亮的碗盘。烹饪是一种创作，她用绘画的热情来做好每一道菜，然后把它们放在美丽的盘子上，如同艺术品。最重要的是，没有人会对这样的艺术品评价，不管她煮了什么，徐宏志都会说好吃。他甚至傻气地认为，她耗费心思去为他做饭，是辜负了自己的才华。

外婆说的对，她喜欢逞强。

可是，逞强又有什么不好呢？

因为逞强，图书馆的工作，她才能够应付下来。

4

半夜里，徐宏志迷迷糊糊地张开眼睛醒来，发现苏明慧还没有睡。她一只手支在枕头上，凝望着他。

"你为什么还不睡觉？"他问。

"我快要睡了。"她回答。

"你要我为你做什么？"

"永远像现在这么年轻。要为我年轻，不要变老。"她说。

她渴望永远停留在当下这一刻，还能看到他年轻的脸。一个跟时间赛跑的选手，总会回头看看自己跑了多远，是否够远了。

5 ◇

他睁着半睡半醒的眼睛看着她。她也许不会知道，每天醒来，他都满怀感动。这些年来，他们一起走过了生活中的每一天。现在，他当上了住院医生，也分期付款买了一辆新车，比旧的那一辆安全和舒适。他们很幸运找到这间公寓，靠近医院，她回大学也很方便。楼下就是书店。那副骷髅也跟着他们一起迁进来，依旧挂在书架旁边。他忘了它年纪有多大。人一旦化成骨头，就不会再变老，也许比活着的人还要年轻。

再过几年，他会成为眼科医生。在他们面前的，是新的生活和新的希望，是一篇他们共同谱写的乐章。人没法永远年轻，他们合唱的那支歌，却永为爱情年轻。

"嫁给我好吗？"他说。

她惊讶地朝他看，说：

"你是在做梦，还是醒着的？"

为了证明自己是醒着的，他从床上坐了起来，诚恳而认真地说：

"也许你会找到 ·个比我好的人，但是，我再也找不到一个比你好的人了，请你嫁给我。"

她心里一热，双手掩住脸，不让自己掉眼泪。

他拉开她掩住脸的那双手，把那双手放到自己怀里。

她眼里闪着一滴无言的泪珠，朝他说：

"你考虑清楚了吗？"

"我还要考虑什么？"

"也许我再不能这样看到你。"

"我不是说过，要陪你等那一天吗？"

"那就等到那一天再说吧。到时候，你还可以改变主意。"

"你以为我还会改变主意吗？"他不免有点生气。

她怔怔地看着他，说："徐宏志，你听着，我也许不会是个好太太。"

他笑了，说："你的脾气是固执了一点，又爱逞强。但是，我喜欢吃你做的菜，喜欢你布置这间屋的品位，喜欢你帮我买的衣服，喜欢你激动的时候爱说'徐宏志，你听着！'。最难得的是，你没有娘家可以回，你只有我。"

她摇了摇头，带着一抹辛酸的微笑，说：

"也许，我再也没法看见你早上刮胡子的模样，再也看不到你为我读书的样子，看不到你脸上的微笑，看不到你的疲倦和沮丧，也看不到你的需要。"

他把她那双手放在自己温热的脸上，笃定地说：

"但你可以摸我的脸，摸我的胡子，可以听到我的笑声，可以听我说话，可以给我一个怀抱。我不要等到那一天，我现在就要娶你。"

她的手温存地抚爱那张深情的脸，说：

"你会后悔的。"

"我不会。"

"你会的。我没有娘家可以回，你很难把我赶走。"她淘气地说。

他扫了扫她那一头有如主人般固执的头发，说：

"我会保护你。"

"直到很久很久之后？"她睁着一双疲倦的眼睛问。

"是的，直到很久很久之后。"

"以前在肯尼亚，那些大象会保护我。它们从来不会踏在我身上。"

"你把我当作大象好了。"

她摇摇头，说：

"你没秃头。大象是秃头的。"

"等到我老了，也许就会。"

"你答应了，永远为我年轻。"她说着说着，躺在他怀里，蒙蒙眬眬地睡去。

他难以相信，自己竟许下了无法实践的诺言。谁能够永远年

轻？但是，他愿意在漫漫人生中，在生老病死的无常里，同她一起
凋零。

6

医院旁边在盖一幢大楼，他一直不知道那是什么大楼。一天早
上，他开车回去，发现那幢大楼已经盖好了，名叫"徐林雅文儿童
癌病中心"，是父亲用了母亲的名义捐出来的。

大楼启用的那天早上，他回去上班。他停好了车，看见大楼
那边人很多，正在举行启用典礼。他只想快点进医院去。就在那一
刻，他老远看到父亲从那幢大楼走出来，院长和副院长恭敬地走在
父亲身边。

父亲看到了他。他站在自己那辆车前面，双手垂在身边。他没
想到会在这里见到父亲，更没想到他的父亲会送给死去的母亲这份
礼物。父亲瞧了他一眼，没停下脚步，上了车。

车子打他身旁驶过，司机认出了他，放慢了速度。然而，没有
父亲的命令，司机不敢把车停下来。坐在车里的父亲，眼睛冷冷地
望着前方，没朝他看。

车子缓缓离开了他的视线。他只是想告诉父亲，他明天要结婚了。

7 ⬡

婚礼很简单。那天早上，徐宏志和苏明慧穿着便服去注册。他们只邀请了几个朋友，担任伴郎和伴娘的是孙长康和莉莉。莉莉身上那些环两年前就不见了，她现在是一位干净整洁的设计师。孙长康在医院当化验师，脸上的青春痘消失了。

婚礼之后，徐宏志要回医院去。他本来可以放假的，但是，那天有一个大手术，是由总住院医生亲自操刀的，他不想错过这个难得的机会学习。

七点钟，他下了班，开车回去接苏明慧。他们约了早上来观礼的朋友一起去吃法国菜。

回到家里，灯没有亮，花瓶上插着他们今天早上买的一大束香槟玫瑰。

"你在哪里？"他穿过幽暗的小客厅，找过书房和厨房，发现睡房的浴室里有一点光。

"我在这里。"她回答说。

"为什么不开灯？"他走进睡房，拧亮了灯。

从浴室那道半掩的门，他看到穿着一件象牙白色裙子的她，在里面忙着。

"时间到了。"他一边说一边打开衣柜找衬衣。

"快了！快了！"她说。

他已经换过一件衬衣，正在系领带。她匆匆忙忙地从浴室走出来，赤脚站在门槛上，紧张地问：

"好看吗？"

他系领带的那双手停了下来，眼睛朝她看。

"怎么样？"带着喜悦的神色，她问。

"很漂亮。"他低声说道。然后，他朝她走去，以医生灵巧的一双手，轻轻地，尽量不露痕迹地，替她抹走明显涂出了界的口红，就像轻抚过她的脸一样。

她眼里闪过一丝怅惘，不管他多么敏捷，她都感觉得到。

他应该给她一个好一点的婚礼，可是，她不想铺张，就连那束玫瑰，也是早上经过花店的时候买的。

读医的时候，他们每组医科生都分配到一具经过防腐处理的尸体，给他们用来解剖，学习人体的神经、血管和肌肉。头一天看见那具尸体时，他们几个同学，你看着我，我看着你，没人敢动手。

"我来！"他说。然后，他拿起解剖刀划下去。

毕业后，到外科实习，每个实习医生都有一次割阑尾的机会。那天晚上，终于轮到他了。一个患急性阑尾炎的小男生被送上手术台。在住院医生的指导下，他颤抖而又兴奋地握住手术刀，在麻醉了的病人的肚皮上，划出一道口子，鲜血冒了出来。

终于，他解剖过死人，也切开过活人的脑袋。他是否与闻了生命的奥秘？一点也不。

当初学医，他天真地希望能够医治别人，使他们免于痛苦。然而，在接触过那么多病人之后，他终究不明白，为什么人要忍受肉体的这些苦难？何以一个好人要在疾病面前失去活着的尊严？一个无辜的孩子又为何遭逢厄运？

遗传自父亲的冷静，使他敢于第一个拿起解剖刀切割尸体。然而，遗传自母亲的多愁善感，又使他容易沮丧。

比起上帝的一双手，一个外科医生的手术刀，何异于小丑的一件道具？

生命的奥秘，岂是我们渺小的人生所能理解的？

就在今天晚上，在一个善良的女孩脸上，那涂出了界的口红，是上帝跟他们开的一个玩笑吗？

她的眼睛正在凋零。他庆幸自己娶了她。

8 ⬡

"我想跟你买一张画。"徐宏志对他父亲说。

徐文浩感到一阵错愕。他的儿子几年没回家了。现在，他坐在客厅里，没有道歉或懊悔，却向他要一张画。

"你要买哪一张？"

徐宏志指着壁炉上那张田园画，说：

"这一张。"

徐文浩明白了。那个女孩第一次来这里的时候，见过这张画。

"你知道这张画现在值多少钱吗？"他问。

徐宏志摇了摇头。

"以你的收入，你买不起。"徐文浩冷冷地说，眼神却带着几分沉痛。

"我可以慢慢还给你。"他的声音有点难堪，眼神却是坚定的。他想要这张画。他已经不惜为这张画放下尊严和傲气了。

"爸，不要逼我求你。"他心里说。

徐文浩看着他的儿子。他并非为了亲情回来，而是为了取悦那个女孩。这是作为父亲的彻底失败吗？有生以来，他头一次感到挫败。能够挫败他的，不是他的敌人，而是他曾经抱在膝上的孩子。

他太难过了。他站了起来，朝儿子说：

"这张画，明天我会找人送去给你。"

然后，他上了楼。他感到自己老了。

徐宏志站着，看着父亲上楼去。有那么一刻，他觉得自己很没出息。他没能力为苏明慧买一张画，但他无法忘记，当她头一次看到这张画时，那种幸福的神情，就像看到一生中最美丽的一张画似的。他们没时间了，看到这张画之后，也许她会愿意再次提起画笔。

外科医生的手术刀不免会让上帝笑话，一支画笔却也许能够得到上帝的垂爱，给他们多一点时间。

9 ◇

第二天，父亲差人把那张画送去医院给他。夕阳残照的时刻，他抱着画，抱着跟上帝讨价还价的卑微愿望，五味杂陈地赶回家。

他早已经决定把那张画挂在面朝窗子的墙上。那里有最美丽的日光投影，旁边又刚好有一盏壁灯，夜里亮起的灯，能把那张画映照得更漂亮。

他把画挂好，苏明慧就回来了。她刚去过菜市场，手上拿着大包小包，在厨房和浴室之间来来回回。

他一直站在那张画旁边，期待她看他的时候，也看到那张画。

"你这么早回来了？"她一边说一边走进睡房去换衣服。

从睡房出来，她还是没有发现那张画。他焦急地站在那里等待，期望她能投来一瞥。

"你买了些什么？"他故意逗她说话，想把她的目光吸引过来。

　　她从地上拾起还没拿到厨房的一包东西，朝他微笑说："我买了——"

　　她抬起头，蓦然发现墙壁上挂着一张画。她愣了一下，放下手里的东西，朝那张画走去。她头凑近画，把放大镜从口袋里掏出来，专注地看了很久。

　　她惊讶地望着他，问：

　　"这张画不是你爸的吗？"

　　"呃，他送给我们的。"他笨拙地撒了个谎。

　　"为什么？"她眯着眼，满脸狐疑。

　　"他就是送来给我。也许他知道我们结婚了。他有很多眼线。"他支支吾吾地说。

　　她没想过会再看到这张画。跟上一次相比，这张画更意味深长了一点，仿佛是看不尽的。她拿着放大镜，像个爱书人找到一本难得的好书那样，近乎虔敬地欣赏画布上的每一笔、每一画。

　　"他现在很有名了，我最近读过一些数据。"她说。

　　"你也能画这种画。"他说。

　　她笑了："我八辈子都没可能。"

　　"画画不一定是为了要成为画家的，难道你当初不是因为喜欢才画的吗？"

　　"你为什么老是要我画画？"她没好气地说。

"因为我知道你想画。"

"你怎知道？"

"一个棋手就是不会忘记怎样下棋，就是会很想下棋。"他说。

"如果那一盘棋已经是残局呢？"她问。

"残局才是最大的挑战。"他回答说。

"假使这位棋手连棋子都看不清楚呢？"她咄咄逼人地问。

"我可以帮你调颜色。"

"如果一个病人快要死了，你会让他安静地等死，还是做一些没用的治疗去增加他的痛苦？"

"我会让他做他喜欢的事。"他说。

"我享受现在。是不是我不画画，你就不爱我了？"她朝他抬起头，睁着那双明亮的眼睛说。

"我想你快乐。我不想你放弃自己的梦想。"

"是梦想放弃了我。"她说。

他知道没法说服她了。为了不让她伤心，他止住话。

10

她并不想让他难过，可她控制不了自己的倔强。她起初是因为喜欢才画画，后来却是为了梦想而画。

　　要么就成为画家，要么就不再画画。她知道这种好胜会害苦自己。然而，我们每个人，即使在爱人面前，难道就不能够至少坚持自身的、一个小小的缺点吗？她是全靠这个缺点来克服成长的磨难和挫败的。这是支撑着她面对命运的一根砥柱，连徐宏志也不可以随便把它拿走。

11

　　夜里，她醒来，发现徐宏志不在床上。

　　她走出客厅，看到他坐在椅子里，借着壁灯的微光，满怀心事地凝望着墙上的画。

　　她走过去，缩在他怀里。

　　他温柔地抱着她。

　　她定定地望着他，说：

　　"你撒谎。你根本就不会撒谎，你爸不会无缘无故把这张画送给我们。"

　　他知道瞒不过她。他从来就没有对她说过谎。

　　"我去跟他要的。"他说。

"那一定很难开口。"她谅解地说。她知道那是为了她。

他微笑着摇头。

"你不该说谎的。"她说。

"以后不会了。"他答应。

"我们都不要说谎。"她低语。她也是撒了谎。她心里是想画画的，但她没勇气提起画笔，重寻那荒芜了的梦想。

她把头埋进他的怀里，说：

"你可以做我的眼睛吗？"

他一往情深地点头。

"那么，你只要走在我前头就好了。"她说。

12 ◇

人对谎言的痛恨是可以理解的。但是，有谁敢说自己永远不会说谎？吊诡的是，人往往在许诺不会说谎之后，就说出一个谎言。

有些谎言，一辈子也没揭穿。

有些谎言，却无法瞒到天亮。

就在看过那张画之后的那个早上，她睁开惺忪睡眼醒来，发觉天还没有亮，她又沉沉地睡去。当她再次醒来，她伸手摸了摸旁边的枕头。枕头是空着的，徐宏志上班去了。那么，应该已经天亮，也许外面是阴天。他知道她今天放假，没吵醒她，悄悄出去了。

她摸到床边的闹钟，想看看现在几点钟。那是个走指针的夜光闹钟，显示时间的数字特别大。她以为自己把闹钟反转了。她揉揉眼睛，把闹钟反过来，发现自己看到的依然是漆黑一片。

她颤抖的手拧亮了床边的灯。黑暗已经翩然而至，张开翅膀，把她从光明的堤岸带走。

是梦还是真实的？她坐在床榻，怀抱着最后的一丝希望，等待梦醒的一刻。

"也许不过是暂时的，再睡一觉就没事。"她心里这样想，逼着自己再回到睡梦里。

她在梦里哆嗦，回想起几个小时之前，徐宏志坐在客厅的一把椅子里，她栖在他身上，双手摩挲着他夜里新长出来的胡子。昨夜的一刻短暂若此，黑暗的梦却如此漫长。她害怕这个梦会醒，她为什么没多看他一眼？在黑暗迎向她之前。

当她再一次张开眼睛，她明白那个约定的时刻终于来临。

她要怎么告诉他？

她想起了《一千零一夜》的故事。她也能拖延到天亮吗？

13 ◇

这些年来，都是徐宏志为她读故事。今天晚上，她也许能为他读一个长篇故事。

在远古的巴格达，国王因为妻子不忠，要向女人报复。他每晚娶一个少女，天亮就把她杀死。有一位叫山鲁佐德的女孩为了阻止这个悲剧，自愿嫁给国王。她每晚为国王说一个故事，说到最精彩的地方就戛然而止，吊着国王的胃口。国王没法杀她，她就这样拖延了一千零一夜。漫漫时光中，国王爱上了她。两个人白头偕老。

这个流传百世的故事，几乎每个小孩子都听过。山鲁佐德用她的智慧和善良制伏了残暴，把一夜绝境化为千夜的传说和一辈子的恩爱。

在黑夜与黎明的交界处，曾经满怀期待。虽然，她再也看不见了，她难道就不可以让她最爱的人再多一夜期待吗？期待总是美丽的，不管是对国王，对山鲁佐德，对她，还是对徐宏志。

14 ◇

她听到声音。徐宏志回来了。那么，现在应该是黑夜。

这一天有如三十年那么长。她靠在床上缩成一团。听到他愈来愈近的脚步声，她的双腿在被子下面微微发抖。

"你在睡觉吗？"他走进来说。

她朝他那愉悦的声音看去，发现自己已经再也看不见他了。

"我有点不舒服。"她说。

"你没事吧？"他坐到床边，手按在她的额头上。

她紧紧地抓住那只温暖的手。

"你没发烧。"他说。

"我没事了。"她回答说，然后又说："我去煮饭。"

"不要煮了，我们出去吃吧。"他把手抽出来，兴致勃勃地说。

"好的。"她微弱地笑笑。

"我要去书房找些资料，你先换衣服。"他说着离开了床。

他出去之后，她下了床，摸到浴室去洗脸。她即使闭上眼睛也能在这间屋子里来去自如。

15

她洗过脸，对着浴室的一面半身镜子梳头。她知道那是镜子，她摸上去的时候是冰凉的。徐宏志走进来放下领带时，她转头朝他微笑。

　　他出去了。她摸到衣柜去，打开衣柜的门。她记得挂在最左边的是一件棕色的外套，再摸过一点，应该是一条绿色的半截裙。她的棉衣都放在抽屉里。她打开抽屉，用手抚摸衣服上面的细节。她不太确定，但她应该是拿起了一件米白色的棉衣。裙子和外套也应该没错。

　　她换过衣服，拿了她常用的一个皮包，走出睡房，摸到书房去。她站在门口，朝他说："行了。"

　　她听到徐宏志推开椅子站起来的声音。他没说话，也没动静。

　　她心里一慌，想着自己一定是穿错了衣服。她摸摸自己身上的裙子，毫无信心地待在那儿。

　　"你今天这身打扮很好看。"他以一个丈夫的骄傲说。

　　她松了一口气，朝他笑笑。

16 ✦

　　徐宏志牵着她的手走到停车场。他习惯了每次都帮她打开车门。她上了车，摸到安全带，扣好扣子。她感觉到车子离开了地库，驶上路面。

　　她突然觉得双脚虚了。她听到外面的车声和汽车响号声，听到这个城市喧闹的声音，却再也看不到周遭的世界了。她在黑夜的迷宫中飞行，就像一个初次踩在钢丝上的青涩的空中飞人，一刻也不敢往下看，生怕自己会掉下去，粉身碎骨。

"附近开了一家法国餐厅，我们去尝尝。"他说。

"嗯！"她装出高兴的样子朝他点头。

过了一会儿，他突然说：

"你看！"

她脑中一片空白，不知道应该往前看、往后看，往自己的那边看，还是朝他的那边看。她没法看到他的手指指向哪个方向。

"哪里？"她平静地问。

她这样问也是可以的，她的眼睛本来就不好。

"公园里的牵牛花已经开了。"他说。

她朝自己那边窗外看，他们家附近有个很大的公园，是去任何地方的必经之路。

"是的，很漂亮。"她说。

他们初遇的那天，大学里的牵牛花开得翻腾灿烂。紫红色的花海一浪接一浪，像滚滚红尘，是他们的故事。

她没料到，今夜，在黑暗的堤岸上，牵牛花再一次开遍。她知道，这是一场告别。

17 ⬡

他们来到餐厅，坐在她后面的是一个洒了香水的女人，身上飘着浓烈而高贵的香味，跟身边的情人喁喁低语。

侍者拿了菜单给他们。一直以来，都是徐宏志把菜单上的菜读给她听的。菜单上的字体通常很小，她从来也看不清楚。

读完了菜单，他温柔地问：

"你想吃什么？"

她选了龙虾汤和牛排。

"我们喝酒好吗？"她说。

"你想喝酒？"

"嗯，来一瓶玫瑰香槟好吗？"

她应当喝酒的，她心里想。时光并不短暂。她看到他从大学毕业，看到他穿上了医生的白袍。他们也一起看过了人间风景。那些幸福的时光，终究比一千零一夜长，只是比她希冀的短。

玫瑰色的香槟有多么美丽，这场跟眼睛的告别就有多么无奈。他就在面前，在伸手可以触及却离眼睛太远的地方。她啜饮了一口冰凉的酒，叹息并且微笑，回忆起眼中的他。

"今天的工作怎样？"她问。

"我看了二十三个门诊病人。"他说。

"说来听听。"她满怀兴趣。

她好想听他说话。有酒壮胆，也有他的声音相伴，她不再害怕无边无际的黑暗。

她听他说着医院里的故事，很小心地用完了面前的汤和菜。

她喝了很多酒。即使下一刻就跌倒在地上，徐宏志也会以为她只是喝醉了，然后扶她起来。

18

她在自己的昏昏醉梦中飘荡，感到膀胱涨满了，几乎要满出来。可她不敢起来，只要她一离开这张椅子，她的谎言就不攻自破。

正在这时，她听到身后的女人跟身边的男人说："我要去洗洗手。"

她得救了，连忙站起来，朝徐宏志说：

"我要去洗手间。"

"要我陪你去吗？"

"不用了。"她说。

她紧紧地跟着那个香香的女人和高跟鞋踩在木地板上的声音往前走。

那个女人推开了一扇门，她也跟着走进去。可那不是洗手间。女人停下了脚步。然后，她听到她打电话的声音。这里是电话间。

也许洗手间就在旁边，她不敢走开，也回不去了。女人身上的香味，并没有浓烈得留下一条往回走的路。

她只能傻傻地站在那儿，渴望这个女人快点搁下话筒。可是，女人却跟电话那一头的朋友聊得很高兴。

"我是看不见的，你可以带我回去吗？"她很想这样说，却终究开不了口。

她呆呆地站在那儿，忍受着香槟在她膀胱里捣乱。那个女人依然无意放下话筒。

突然，那扇门推开了。一刻的沉默之后，一个熟悉的声音响起：

"你去了这么久，我担心你。"

是徐宏志。

她好想扑到他怀里，要他把她带回去。

"我正要回去。"她努力装出一副没事的样子。

徐宏志拉住她的手，把她领回去。她用力握着那只救赎的手。

19 ◈

好像是徐宏志把她抱到床上，帮她换过睡衣的。她醉了，即使还能看得见，也是醉眼昏花。

醒来时，她发现徐宏志不在床上。她感觉到这一刻是她平常酣睡的时间，也许是凌晨三点，或是四点，还没天亮。她不免嘲笑自己是个没用的山鲁佐德，故事还没说完，竟然喝醉了。

20 ◇

她下了床，赤脚摸出房间，听到模糊的低泣声。她悄悄循着声音去找，终于来到书房。她一只手支着门框，发现那低泣声来自地上。她低下头去，眼睛虚弱地朝向他。

"你在这里干什么？"她缓缓地问。虽然心里知道他也许看出来了，却还是妄想再拖延一下。

"公园里根本没有牵牛花。"他沙哑着声音说。

她扶着门框蹲下去，跪在他身边，紧紧地搂着他，自责地说：

"对不起。"

他脆弱而颤抖，靠在她身上呜咽。

"这个世界不欠我什么，更把你给了我。"她说。

他从来没听过比这更令人难过的话。他把她拉到怀里，感到泪水再一次涌上眼睛。他好想相信她，同她圆这一晚的谎言。他整夜很努力地去演出。然而，当她睡着了，他再也骗不了自己。

"我是服气的。"她抬起他泪湿的脸，说。

她的谎言撑不到天亮。她终究是个不会说谎的人，即使他因为爱她之深而陪着她一起说谎。

和时间的这场赛跑，他们败北了。她用衣袖把他脸上的泪水擦掉，朝他微笑问：

"天已经亮了吗？"

"还没有。"他吸着鼻子，眼里充满对她的爱。

她把脸贴在他哭湿了的头上，说：

"到了天亮，告诉我好吗？"

21

徐宏志给病人诊治，脑里却千百次想着苏明慧。他一直以为，他是强者，而她是弱者。她并不弱小，但他理应是两个人之中较坚强的一个，没想到他才是那个弱者。

他行医的日子还短，见过的苦难却已经够多了。然而，当这些苦难一旦降临在自己的爱人身上，他还是会沉郁悲痛，忘了他见过更可怜、更卑微和更无助的。

结婚的那天晚上，他们同朋友一起吃法国菜。大家拉杂地谈了许多事情。席上有一个人，他忘了是莉莉，还是另外一个女孩子，提到人没有了什么还能活下去。

人没有了几根肋骨，没有了胃，没有了一部分肝和肠子，还是能够活下去的。作为一位医生，他必须这样说。

就在这时，苏明慧悠悠地说，她始终相信，有些东西是在造物的法度以外的，上帝并不会事事过问。比如说，人没有爱情和梦想，还是能够活下去的。

"活得不痛快就是了。"她笑笑说。

因此，她认为爱情和梦想是造物以外的法度，人要自己去寻觅。

他望着他的新婚妻子，觉着对她有一份难以言表的爱。她使他相信，他们的爱情建筑在这个世界之外。世上万事万物皆会枯槁，唯独超然世外之情，不虞腐朽。

同光阴的这场竞赛，他并不认为自己已经败下阵来。失明的人，还是有机会重见光明的。只要那天降临，奇迹会召唤他们。

为了她，他必须挺下去。

徐宏志在她旁边深深地呼吸。她醒了，从枕头上朝他转过身去，轻轻地抚摸他熟睡的脸颊。不久之前，她还能够靠着床头小灯的微光看他，如今只能用摸的了。

她缓缓抚过他的眼窝，那只手停留在他的鼻尖上，他呼出来的气息湿润了她的皮肤。她知道他是活着的。睡梦中的人，曾经如此强烈地唤醒她，使她甜甜地确认他是她唯一愿意依靠的人。

是谁把他送来的？是命运之手，还是她利用了自己的不幸把他拐来？就像那个吹笛人的童话故事，她用爱情之笛把他骗到她的床榻之岸。他的善良悲悯使他不忍丢下她不顾而去。

他为她离开了家庭，今后将要照顾她一辈子。他是无辜的。他该配一位更好的妻子，陪他看遍人间的风光。她却用了一双病弱的眼睛，把他扣留在充满遗憾的床边。她不能原谅自己看似坚强，其实是多么狡诈。

他在梦里突然抓住她的手。她头埋在他的肩膀里，想着也许再不能这样摸他了。

23 ❀

苏明慧眼睛看不见之后的第三天，徐宏志回家晚了，发现她留下一封信。那封信是她用手写的，写得歪歪斜斜，大意是说她回非洲去了，离去是因为她觉得和他合不来。她知道这样做是不负责任的。她曾经渴望永远跟他待在一起，她以为他们还有时间，有时间去适应彼此的差异。她天真地相信婚姻会改变大家，但她错了。趁眼下还来得及，她做了这个决定。她抱歉伤害了他，并叮嘱他保重。

他发了疯似的四处去找她，没有人知道她的下落。他知道她不可能回非洲去了。信上说的全是谎言，她是不想成为他的负担。

有那么一刻，他发现他的妻子真的是无可救药。她为什么总是那么固执，连他也不肯相信？他何曾把她当作一个负担？她难道不明白他多么需要她吗？

24

他担心她会出事。失去了视力，她怎么可能独个儿生活？他睡不着，吃不下，沮丧到了极点。他给病人诊治，心里却总是想着她。

他不免对她恼火，她竟然丢下那封告别信就不辞而去。然而，只要回想起那封信上歪斜的字迹，是她在黑暗中颤抖着手写的，他就知道自己无权生她的气。要不是那天晚上她发现他躲在书房里哭，她也许不会离去。

是他的脆弱把她送走的。他能怪谁呢？

几天以来，每个早上，当他打开衣柜找衣服上班，看见那空出了一大半的衣柜，想着她把自己的东西全都塞进几口箱子里离开，他难过得久久无法把衣柜的那扇门掩上。

每个夜晚，当他拖着酸乏的身体离开医院，踏在回家的路上，他都希望只要一推开家里的门，便会看到她在厨房里忙着，也听到饭菜在锅里沸腾的声音。那一刻，她会带着甜甜的微笑朝他转过头来，说："你回来啦？"然后走上来吻他，嗅闻他身上的味道。这些平常的日子原来从未消失。

然而，当他一个人躺在他们那张床上，滔滔涌上来的悲伤把他淹没了。他害怕此生再也不能和她相见。

25 ◇

又过了几天，一个早上，他独个儿坐在医院的饭堂里。面前那片三明治，他只吃了几口。有个人这时在他对面坐了下来。他抬起那双失眠充血的眼睛朝那人看，发现是孙长康。

"她在莉莉的画室里。"孙长康说。

他真想立刻给孙长康一记老拳，他就不能早点告诉他吗？然而，只要想到孙长康也许是刚刚才从莉莉那里知道的，而莉莉是被逼着隐瞒的，他就原谅了他们。他难道不明白自己的妻子有多么固执吗？

26

莉莉的画室在山上。他用钥匙开了门，静静地走进屋里。

一瞬间，他心都酸了。他看到苏明慧背朝着他，坐在红砖镶嵌的台阶上，寂寞地望着小花园里的草木。

莉莉养的那条鬈毛小狗从她怀中挣脱了出来，朝他跑去，汪汪地叫。她想捉住那条小狗，那只手在身边摸索，没能抓住它的腿。

"莉莉，是你吗？"她问。

他伫立在那儿，没回答。

她扶着台阶上的一个大花盆站了起来，黯淡的眼睛望着一片空无，又问一遍："是谁？"

"是我。"他的声音微微颤抖。

他们面对面，两个人仿佛站在滚滚流逝的时光以外，过去的几天全是虚度的，唯有此刻再真实不过。

"我看不见你。"她说。

"你可以听到我。"他回答说。

她点了点头，感到无法说清的依恋和惆怅。

"你看过我留下的那封信了？"她问。

"嗯。你以为我还会像以前那样爱你吗？"

她怔了片刻，茫然地倚着身边的花盆。

"我比以前更爱你。"他说。然后，他抱起那条小狗，重又放回她怀里。

"它叫什么名字？"

"凡·高。"她回答道。

他笑了笑："一条叫凡·高的狗？"

"因为它是一条养在画室里的狗。"她用手背去抚摸凡·高毛茸茸的头。

"既然这里已经有凡·高了，还需要莉莉吗？"

她笑了，那笑声爽朗而傻气，把他们带回了往昔的日子。

"你为什么不认为我回非洲去了？"

"你的故乡不在非洲。"

"我的故乡在哪里？"

他想告诉她，一个人的故乡只能活在回忆里。

"你是我的故乡？"她放走了怀中的小狗。

他的思念决堤了，走上去，把她抱在怀里。

她脸朝他的肩膀靠去，贪婪地嗅闻着这几天以来，她朝思暮想的味道。

花谢
的
时候

是谁把她送来的？

是天堂，

还是像她所说的，

爱情和梦想是造物以外的法度，

人要自己去寻觅？

1 ◇

　　乡愁是美丽的。飞行员对天空的乡愁让他们克服了暴风雨、气流和山脉，航向深邃的苍穹。爱情的乡愁给了苏明慧继续生活的意志，也是这样的乡愁在黑暗的深处为她缀上一掬星辰。

　　圣–埃克苏佩里，这位以《小王子》闻名于世的法国诗人和飞行员，一次执行任务时消失在地中海的上空。飞行员死了，小王子对玫瑰的乡愁，几乎肯定会成为不朽的故事。

　　失明之后，苏明慧想到的是圣–埃克苏佩里写在《小王子》之前的另一本书：《夜航》。一个寻常的夜里，三架邮政飞机在飞往布宜诺斯艾利斯的途中遇上暴风雨，在黑夜里迷航。

当黑暗张开手臂拥抱她，她感到自己也开始了一趟夜间飞行。虽然她再也看不到群山和机翼，但星星会看到她。

她就像一位勇敢而浪漫的飞行员，决心要征服天空，与黑夜的风景同飞。她紧握飞机的方向盘，她的驾驶杆是一根盲人手杖。

徐宏志把这根折叠手杖送给她时，上面用宽丝带系了一个蝴蝶结，像一份珍贵的礼物似的。他告诉她，这根手杖是独一无二的，因为他给手杖上了七彩相间的颜色。

"就像我们小时候吃的那种手杖糖？"她说。

"对了。"然后，他用清朗温柔的声音把颜色逐一读出来。

有红色、蓝色、黄色、绿色、紫色、橙色和青色。

她抚摸手杖上已经干了的油彩，微笑问：

"你也会画画的吗？"

"每个人都会画画，有些人像你，画得特别出色就是了。"

这根七色驾驶杆陪伴她在夜间飞行。但是，她的终点不在布宜诺斯艾利斯。只要她愿意，她随时都可以降落在徐宏志的怀里。要是她想继续飞行，每个飞行员身上都带着一根耐风火柴。那火柴燃着了，就能照亮一片平原、一个海岸。

爱情的美丽乡愁是一根耐风火柴，在无止境的黑夜中为她导航。

2 ◈

以后，又过了一个秋天。

当她在夜之深处飞翔，她想象自己是飞向一颗小行星。在那颗小行星上，星星会洗涤每个人的眼睛，瞎子会重见光明。

那颗小行星在黑夜的尽头飘荡，有时会被云层遮盖，人们因此同它错过。回航的时候，也许晚了。

为了能在这唯一的小行星上降落，她要成为一位出色的飞行员，和生命搏斗。

到了冬天，她已经学会了使用盲人电脑。

挂着那根七色手杖，她能独个儿到楼下去喝咖啡、买面包和唱片。徐宏志带着她在附近练习了许多次，帮她数着脚步。从公寓出来，朝左走三十步，就是咖啡店。但他总是叮嘱她尽可能不要一个人出去。

一天，她自己出去了，想去买点花草茶。来到花草茶店外面，她嗅不出半点花草茶的味道，反而嗅到另一种味道：那是油彩的味道。刹那间，她以为那是回忆里的味道。

从前熟悉的味道，有时会在生命中某个时刻召唤我们，让我们重又回到当时的怀抱。

然而，隔壁书店与她相熟的女孩说，这的确是一家卖画具的店，花草茶店迁走了。

她头也不回地走了，带着她的惆怅，回到家里。

那天夜晚，徐宏志回来的时候告诉她：

"附近开了一家画具店，就在书店旁边。"

她是知道的。

这是预兆还是暗示？她的小行星就在那儿，唯有画笔，能让她再次看到这个世界的色彩。

3 ◇

然而，她更喜欢做梦。梦里，她是看得见的。她重又看到这个万紫千红的世界。有一次，她梦见自己回到肯尼亚。她以前养的那条变色龙阿法特，为了欢迎她的归来，不断表演变颜色。她哈哈大笑，醒来才知道是梦。

最近，她不止一次梦回非洲。那天半夜，她在梦里醒来。徐宏志躺在她身边，还没深睡。

"我做了一个梦。"她说。

"你梦见什么？"

"我忘了。"她静静地把头搁在他的肚腹上，说，"好像是关于非洲的，最近我常常梦见非洲。"

他的手停留在她的发鬓上，说：

"也许这阵子天气太冷了，你想念非洲的太阳。"

她笑了，在他肚腹上甜甜地睡去。

后来有一天，她梦到成千的白鹭在日暮的非洲旷野上飞翔，白得像飘雪。

是的，先是变色龙，然后是白鹭。

她不知道，她看见的是梦境还是寓言。

4

眼睛看不见之后，图书馆的工作也干不下去了，徐宏志鼓励苏明慧回大学念硕士。他知道她喜欢读书，以前为了供他上大学，她才没有继续。

一天晚上，他去接她放学。他去晚了，看到她戴着那顶紫红色羊毛便帽，坐在文学院大楼外面的台阶上，呆呆地望着前方。

他朝她走去，心里责备自己总是那么忙，要她孤零零地等着。

她听到脚步声，站了起来，伸手去摸他的脸。

"你迟到了。"她冲他微笑。

"手术比原定的时间长了。"他解释。

"手术成功吗？"

"手术成功。"他回答说。

"病人呢？"

"病人没死。"他笑笑说。

开车往回走的时候，车子经过医学院大楼。他们以前常常坐在大楼外面那棵无花果树下面读书。时光飞逝，相逢的那天，她像一只林中小鸟，掉落在他的肩头。这一刻，她把头搁在他的肩头上。他双手握着方向盘，肩膀承载着她的重量，他觉着自己再也不能这么爱一个女人了。

"你可以给我读《牧羊少年奇幻之旅》吗？"

"你不是已经读过了吗？"

"那是很久以前，我自己读的。你从没为我读过。"

"好的。"他答应了。

他想起了伊甸园的故事。亚当和夏娃偷吃树上的禁果，从此有了羞耻之心，于是摘下无花果树上的叶子，编成衣服，遮蔽赤裸的身体。他不知道，世界的尽头，会不会也有一片伊甸园，我们失去的东西，会在那里寻回，而我们此生拥抱的，会在那里更为丰盛。他和她，会化作无花果树上的两颗星星，在漫漫长夜里彼此依偎。

5 ◇

保罗·柯艾略写下了一个美丽的寓言，但同时也写下了一段最残忍的文字。牧羊少年跟自己的内心对话，心对他说："人总是害怕追求自己最重要的梦想，因为他们觉得自己不配拥有，或是觉得自己没有能力去完成。"

发现这个病的时候，她觉得自己不配再拥有画画的梦，也没能力去完成。尽管徐宏志一再给她鼓励，她还是断然拒绝了。

她的执着是为了什么？她以为执着是某种自身的光荣。她突然明白，她只是害怕再一次失败，害怕再次看到画布上迷蒙一片的颜色。

现在，她连颜色都看不见了，连唯一的恐惧也不复存在。一个人一旦瞎了，反而看得更清楚。

她亲爱的丈夫为她做了那么多，她就不能用一支画笔去回报他的深情吗？假使她愿意再一次拿起画笔，他会高兴的。她肯画画，他便不会再责备自己没能给她多点时间。

画具店的门已经打开了，是梦想对她的召唤。她不一定要成为画家，她只是想画画。她想念油彩的味道，想念一支画笔画在画布上的、清纯的声音，就像一个棋手想念他的棋盘。

6 ⬡

她坐在窗台上，焦急地等着徐宏志下班。当他回来，她会害羞地向他宣布，她准备再画画，然后要他陪她去买油彩和画笔。

她摸了摸身旁的点字钟，他快下班了，可她等不及了。她拿了挂在骷髅上的紫红色便帽戴上，穿了一件过膝的暗红色束腰羊毛衣，钱包放在口袋里，穿上鞋子，拿了手杖匆匆出去。

当他归来，她要给他一个惊喜。

7 ⬡

她走出公寓，往左走三百四十步，来到那家画具店，心情激动地踏了进去。

她买了画笔，说出了她想要的油彩。它们都有名字，她早就背诵如流，从来不曾忘记。

年轻的女店员把她要的东西放在一个纸袋里，问：

"这么多东西，你一个人能拿吗？"

"没问题的。"她把东西挂在肩上。

他们大概很惊讶，为什么一个挂着手杖的盲眼女孩也会画画。

她扛着她曾经放弃的梦，走了三十步，突然想起少了一管玫瑰红的油彩。她往回走，补买了那管油彩。

那三十步，却是诀别的距离。

她急着回家去，把东西摊在桌子上，迎接她的爱人。然而，就在拐弯处，一个人跟她撞个满怀。她感觉到一只手从她身上飞快地拿走一样东西。这个可恶的小偷竟不知道盲人的感觉多么灵敏，竟敢欺负一个看不见的人。她抓住那只手，向他吼叫：

"把我的钱包还给我！"

那只手想挣脱，她死命拉着不放。

一瞬间，她明白自己错得多么厉害。那只枯瘦的手使劲地想甩开她，她的手杖丢了，踉跄退后了几步，感到自己掉到人行道和车流之间，快要跌出去。她用尽全身的气力抓住那只手。她的手从对方的手腕滑到手背上，摸到一块凹凸不平的伤疤。她吃惊地想起一个她没见过的人。

"我是徐宏志医生的太太！"她惊惶虚弱地呼叫，试图得到一种短暂的救赎。

那只手迟疑了一下，想把她拉回来。

已经晚了。

她听到一辆车子高速驶来的声音和刺耳的响号声。她掉了下去，怀里的画笔散落在她身边。一管油彩被汽车碾过，迸射了出来，颜色比血深。

一条血肉模糊的腿抖了一下。她浮在自己的鲜血里，这就是她画的最后的一张画。

她意识到自己是多么傻，她何必梦想画出最好的作品？徐宏志就是她画得最好的一张画。他是她永恒的图画，长留她短暂的一生中。

他用爱情荣耀了乡愁。

8 ◇

徐宏志赶到医院。他走近病床，看到他妻子血染鬓发，身上仅仅盖着一条白尸布。医生对他说：

"送来的时候她已经死了。"

她告诉他，最近她常常梦见非洲。他明白这是她对非洲的想念。他买了两张飞往肯尼亚的机票，准备给她一个惊喜。他们会在那里过冬。下班之后，他没有直接回家，而是去了旅行社。他回去晚了。路上，他接到从医院打来的电话。

眼下或将来，她都回不了非洲去。

白尸布下面露出来的一双黑色鞋子沾满颜料。她当时刚去买了画笔和油彩。是他告诉她附近开了一家画具店的。是他老是逼着她画画，结果却召唤她一步一步走向死亡。

他不能原谅自己。他凭什么认为梦想重于生命？他难道就不明白，一个人的生命永远比他的梦想短暂？

同光阴的这场赛跑，早已注定败北。

他望着她。她的眼睛安详地合上。她要睡了。她用尽了青春年少的气力来和她的眼睛搏斗，她累了。

他曾经以为最黑暗的日子已然过去。她眼睛看不见的那天，他们在地上紧紧相拥，等待终宵，直到晨光漫淹进来。

"天亮了。"他告诉她。

"又是新的一天了。"她朝他微笑。

这句寻常老话，现在多么远了。

他掀开尸布，那顶染血的紫红色便帽静静地躺在她怀里，像枯萎了的牵牛，陪她走完最后一程。

她在牵牛花开遍的时节来到，在花谢的时候离去。他支撑不住自己了，俯下身去扑在她身上。

9 ◈

一个警察走过来告诉他，他们抓到那个把他妻子推出马路的小偷。这个少年小偷逃走时哮喘发作，倒在路旁。他现在就在隔壁，医生在抢救他。

徐宏志虚弱地走出去。他想到了少年小偷，想到了哮喘。

战栗的手拉开房间的帘幕，他看到了躺在病床上那张苍白的脸。他眩晕了，用最后一丝气力把帘幕拉上。

10 ◈

醒来时，他发现自己在医院里，在她空空的床畔。

护士把苏明慧留下的东西交给他：一根手杖和一双鞋子。

天已经亮了，他走到外面，开始朝草地那边走去。

炫目的阳光下，他看见他的父亲匆匆赶来。

父亲那双皱褶而内疚的眼睛朝他看，说：

"我很难过。"

那个声音好像飘远了。他疲惫不堪，嘴唇抖动，说不出话。

他自个儿往前走。昨夜的雾水沾湿了他脚下的青草地，一只披着白色羽毛的小鸟翩跹飞舞，栖息在冬日的枝头上。

是谁把她送来的？是天堂，还是像她所说的，爱情和梦想是造物以外的法度，人要自己去寻觅？

她来自远方最辽阔的地平线，就在那一天，她划过长空，展翅飞落他的肩头上，不是出于偶然，而是约定。纷纭世事，人们适逢其会，却又难免一场告别。

命运加于他的，

并不是那天的青青草色，

而是余生的日子，

他只能与回忆和对她的思念长相左右。

情　人　无　泪

/

/

我　们　爱　了　整　整　一　个　曾　经

后 记

POSTSCRIPT

今年初的一个夜晚，我脑海里浮现出《情人无泪》这个小说的腹稿。那时候，只是想写一个盲眼女孩和一个深情男孩的故事。原意是把它放在*Channel A*第五集里作为一个短篇。往后，想到的情节愈来愈多，一个短篇根本容不下，于是开始考虑把它化作一个长篇故事。

除了书中女主角逐渐失去视力之外，现在的故事，跟那个晚上闪过我脑海的故事，全然不一样。

为女主角的病做过一些资料搜集，请教了一位眼科教授。最后，我选择了"视觉神经发炎"这个病，因为它会在年轻人身上发

生。病人的视力下降，可能在几年之后完全失明，也可能"幸运
地"保持现状。

但是，我始终希望能够跟一位失明或渐渐失去视力的女孩子谈
谈，了解一下她的生活。出版社帮我找到了一位患上黄斑性病变，
七八岁时就失去大半视力的女大学生。我和这个女孩子聊了一通电
话。她为人爽快，声音开朗，而且很了不起地完成了大学学业，并
准备今年去外国升学。放大器这种视障人士的辅助工具，我是从她
那里知道的。

她毫不介意谈到自己的病。我们聊到爱情，她羞怯地说，她不想
成为别人的负累。她不是我的读者，学校里要读的书已经把她的眼睛
累坏了，根本不可能再读课外书。我希望有一天，会有一个人为她读
书。读我的小说也好，别人的也好。读书的时光是幸福的。

搜集了这些资料，便要开始我自己的故事了。我习惯了不到死
线就写不出稿来。每年七月香港书展之前的两三个月，往往才是我
动笔的日子。这个故事，一直被我耽搁着。当我终于动笔的时候，
身边却发生了一连串的事。可以说，这是我生命中最动荡的一段日
子。我没料到，香港的时局也同样动荡。

我的压力大得难以形容，要处理的家事也一言难尽，而写作
偏偏又是最需要集中精神的。在疲倦和心情沉重的日子，我告诉自
己，要是我能克服这个困难，以后就可以面对更大的困难。

书的名字唤作《情人无泪》，这段日子，我却不知道掉了多少眼泪。我不得不去面对老、病、死，生命由盛放到凋零的现实。我也不得不去面对交稿的限期。原来，我也是在和时间赛跑。

我得感谢我身边的亲人、朋友和同事帮我处理了许多烦琐的事情，让我可以埋头写作。写作的人也许都是疯子，痛苦和劫难反而成了创作的养分。和时间的这场赛跑，我终于在限期前冲刺。不过，觉得自己一下子苍老了三岁就是了。那么，到底是谁赢了？是我还是光阴？

故事写完了，我觉得我好像是认识徐宏志和苏明慧的。我同情他们，我也向往这样的爱情。然而，就像小说的结局，纷纭世事，人们适逢其会，却又难免一场告别。

张小娴，于香港家中

〇 情人无泪 〇

图书在版编目（CIP）数据

情人无泪：我们爱了整整一个曾经 / 张小娴著. --
长沙：湖南文艺出版社，2015.8
ISBN 978-7-5404-7272-6

Ⅰ. ①情… Ⅱ. ①张… Ⅲ. ①长篇小说 - 中国 - 当代
Ⅳ. ①I247.5

中国版本图书馆CIP数据核字（2015）第177708号

上架建议：文学·小说

情人无泪：我们爱了整整一个曾经

著　　者：张小娴
出 版 人：刘清华
责任编辑：薛　健　刘诗哲
监　　制：刘　丹　蔡明菲　潘　良
特约策划：张小雨
特约编辑：田　宇
营销编辑：刘碧思　李　群
装帧设计：利　锐　张小雨
内文插画：HJS　[美]Swarner Kristina
出版发行：湖南文艺出版社
　　　　　（长沙市雨花区东二环一段 508 号　邮编：410014）
网　　址：www.hnwy.net
印　　刷：北京缤索印刷有限公司
经　　销：新华书店
开　　本：880mm×1270mm　1/32
字　　数：170 千字
印　　张：7
版　　次：2015 年8月第1版
印　　次：2015 年8月第1次印刷
书　　号：ISBN 978-7-5404-7272-6
定　　价：35.00 元

质量监督电话：010-59096394
团购电话：010-59320018